CONCLAVE

TOME III

Rosanna Narducci

CONCLAVE
TOME III

LA nouvelle Arche d'alliance

www.editions-ariane.com

Conclave, tome III
Auteur : Rosanna Narducci

© 2014 Ariane Éditions Inc.
1217, av. Bernard O., bureau 101, Outremont, Qc (Canada) H2V 1V7
Tél. : 514 276-2949, Fax. : 514 276-4121
info@editions-ariane.com
www.editions-ariane.com
www.editions-ariane.com/boutique/
www.facebook.com/EditionsAriane

Mise en page : Kessé Soumahoro
Couverture : Carl Lemyre
Révision : Monique Riendeau

Première impression : octobre 2014
ISBN : 978-2-89626-203-8

Dépôt légal : 4ième trimestre 2014
Bibliothèque nationale du Québec
Bibliothèque nationale du Canada
Bibliothèque nationale de Paris

Diffusion

Canada : Flammarion — 514-277-8807 — www.flammarion.qc.ca
France, Belgique : D.G. Diffusion — 05.61.000.999 — www.dgdiffusion.com
Suisse : Transat — 23.42.77.40 — www.servidis.ch/

Gouvernement du Québec
Programme de crédit d'impôt pour l'édition de livres
Gestion SODEC

Imprimé au Canada

Table des matières

INTRODUCTION

Bien-aimés de l'Un, je vous salue. Soyez les bienvenues, chères âmes. Soyez accueillies dans l'espace vibratoire des douze Cristaux Maîtres d'An, du système solaire d'Orion, d'où je suis. Soyez pleinement accueillies dans cet espace sacré et consacré.

Je suis Christ'al Chaya, Maître d'enseignement et de rigueur, un Melchizédech de la Fraternité dorée d'Orion, et je viens vers vous, humains de la Terre, pour vous assister et vous guider dans ce processus d'ascension, dans ce besoin d'intégration mémorielle et cellulaire, dans ce besoin d'alignement de votre Être.

Comme vous le savez déjà, chères âmes, vous vivez dans un espace-temps circulaire et vous êtes en train de récupérer, en particulier par l'absorption consciente des particules adamantines en provenance de l'*akasha* galactique, des mémoires de vos origines. Nous disons bien mémoires, et non histoire, car l'histoire certes peut être manipulée, et si cela est possible c'est précisément parce que certaines distorsions ont été placées dans vos mémoires cellulaires.

Il est à comprendre que vous êtes, humains de la Terre, un amalgame de plusieurs races d'origine non terrestre. Certaines de ces races sont de nature christique, ayant déjà parcouru leur chemin d'ascension, mais vous êtes également

porteurs d'un héritage de certaines races de nature conquérante qui n'honorent pas forcément le respect du vivant. Vous
êtes donc là, constitués de ces empreintes, de ce patrimoine
multiple, de ce métissage intérieur et cellulaire, porteurs de
deux consciences différentes, une d'amour, de don de soi,
de service au bien commun, et une autre, éduquée diver-
sement. On vous demande aujourd'hui d'équilibrer ces
deux consciences et de faire en sorte que la partie noble et
christique, votre Essence première, puisse éduquer la partie
involutive. Seulement, le défi est fort important. D'autant
plus que depuis de nombreux siècles déjà ceux qui vous
gouvernent sont les descendants directs de races qui ont
créé dans un large quadrant de cette galaxie la dispersion,
le chaos, l'esprit de séparation. Votre éducation sur ce plan
visait donc à augmenter l'influence de la part reptilienne en
vous, cette part conquérante.

Maintenant, pourquoi peuvent-ils ainsi vous influencer
et pourquoi notre influence agit-elle aussi sur vous? Parce
que vous êtes encore en phase d'initiation à votre maîtrise.
Vous êtes dans un univers que l'on appelle un «univers fils»,
où vous n'avez pas encore atteint la maîtrise. Vous êtes en
apprentissage afin de rejoindre les univers Père/Mère. Et
durant cette phase initiatique, vous êtes soumis à la fois à
des influences qui font grandir votre nature christique et à
d'autres, qui vous amènent au contraire à développer l'ins-
tinct de survie, la peur, l'envie de pouvoir.

En regard de cette évolution remplie de défis divers, dont
une technologie devenant de plus en plus nocive et toxique
pour vous et votre planète, nous avons mis en place un plan.
En ce moment précis où votre système solaire s'aligne sur
le Grand Soleil central, nous avons prévu de libérer dans
votre atmosphère des particules lumineuses informées de la

conscience de vos familles stellaires ayant déjà parcouru leur chemin d'ascension. Ces particules adamantines sont absorbées par vos chakras et votre corps physique et vont donc modifier la programmation cellulaire de votre Être dans le but d'optimiser, de relancer, de réinitialiser vos codes matriciels originels, ceux-là mêmes qui ont été distorsionnés par les familles involutives.

Comprenez bien que pour modifier des codes matriciels, ces familles involutives ont agi d'une part en implantant et en hybridifiant certains champs vibratoires de votre être, et d'autre part en intervenant par vos systèmes d'éducation et le contrôle des médias. Vous saisissez? Vous oubliez souvent cette partie-là. Vous pensez simplement que l'on vous inocule ou implante des choses, mais vous devez aussi prendre en considération l'éducation que vous recevez.

À l'heure actuelle sur cette planète, on vous éloigne du ressenti dès l'enfance et on vous rend dépendants sur tous les plans. En particulier dans l'acquisition même de la connaissance. On évite de vous la transmettre dans le vrai sens du terme, dans l'essence des choses. On vous empile des faits. On vous apprend l'esprit de compétition. On vous apprend aussi les jeux de la manipulation dans les comportements et à détecter les failles chez l'autre pour vous en servir et obtenir ce que vous désirez personnellement. Cette société-là ne correspond plus à la nouvelle matrice de la Terre. Elle va donc s'autoéliminer, car tout ce qui n'est pas créé selon les principes de vie, à un moment ou à un autre, disparaît. C'est une loi universelle. La vie appelle la vie. Tout ce qui n'est pas dans le mouvement de vie doit y retourner. Tôt ou tard une forme de recyclage se met en place.

Imaginez un instant ceux qui vivaient à l'époque pharaonique, dans toute la splendeur de l'Égypte ancienne.

Comment auraient-ils pu penser un seul instant que leur société allait décliner ? Et pourtant elle l'a fait. Elle a décliné parce qu'à un moment donné les codes matriciels de Seth An, de la soif de conquête, ont pris le dessus dans l'Être. Comprenez également que les changements sur cette planète se vivront avant tout à l'intérieur de chacun. Vous êtes tous constamment appelés par le système en place à vous disperser vers l'extérieur au lieu d'entrer à l'intérieur de vous-mêmes, dans vos propres champs d'expérimentation et dans le silence. Cela est pourtant fondamental et nécessaire.

Pour mieux comprendre l'émergence du germe de la dissidence dans le système d'Orion, considérons une partie de son histoire mémorielle. Notre but ici n'est pas de simplement vous décrire une mémoire passée, mais de faire naître en vous son lien et sa pertinence pour votre chemin d'éveil actuel et pour votre mission collective en tant que système planétaire. Commençons par le fait que la Source première, appelée Aïn Soph Or dans le système d'Orion, a créé dans son mouvement de vie une Porte de manifestation d'elle-même dans ce quadrant de la galaxie. Cette porte vous est connue sous le nom de système solaire de Sirius. La Matrice de création liée à cette porte s'est manifestée à l'origine par le système d'Orion. Celui-ci a donc joué le rôle de pouponnière d'étoiles. Ainsi, Aïn Soph Or s'est reflétée dans le monde de Sirius, la porte d'entrée des Maîtres, et Orion s'est développé en matrice de création.

Il y a donc très longtemps de cela a commencé à émerger une vie consciente dans différents systèmes solaires de ce quadrant galactique. Quelques-uns de ces systèmes vous sont plus familiers, dont Cassiopée, Arcturus, Aldébaran, les Pléiades, les Hyades, Véga, Deneb, Altaïr, Andromède et beaucoup d'autres. Dans ces systèmes, des êtres évoluaient en conscience et progressivement des Maîtres de sagesse s'établirent dans les postes de gouvernance. Ceux-ci captèrent de façon innée les lois de vie et les appliquèrent. Ils reconnurent l'essence du système de Sirius et, par résonance, ils furent amenés à former un cercle de sagesse, un Conseil d'étude des lois et de leur application. Ce Conseil choisit de se réunir précisément dans la demeure du Père/Mère, au cœur de sa vibration, et ainsi créa le Haut Conseil de Sirius.

Ces êtres n'étaient pas encore dans l'état que vous appelez «ascension», mais certainement en position de reconnaître l'importance de se réunir en cercle afin d'échanger et de mettre en commun leurs acquis. Puis, un jour arriva où de l'intérieur même de leur cercle émana une vibration particulière. Par sa qualité, celle-ci entra en résonance avec un Maître vivant dans Aïn Soph Or : le Maître Shinta Naya Horus Kron. Celui-ci se manifesta alors au centre du cercle et apporta à chaque famille d'étoiles des sceaux matriciels. Leur fonction était de transmettre la nature première de la vibration christique, manifestation de la Conscience unitaire Père/Mère, de la Source première. Chaque famille allait donc repartir avec ses codes matriciels afin d'accueillir une nouvelle vibration de conscience christique.

C'est ainsi que les familles d'Orion reçurent deux ensembles de codes matriciels distincts, mais complémentaires, d'un être de Sirius nommé Sethi, dont le mandat était d'engendrer sur Orion deux lignées :

- une lignée porteuse de la connaissance et des lois de vie,
- une lignée ayant mission d'appliquer ces lois de vie.

Ces deux familles devaient, par une dynamique d'unité, former une école au rayonnement galactique.

Dans la constellation d'Orion à l'époque chaque étoile fonctionnait de manière autonome. Sethi rechercha alors avec quelle Haute Régente il allait entreprendre les lignées. Les codes matriciels étaient destinés à être activés par la fusion des énergies masculine et féminine de deux êtres. Avec la première régente, Gwin Ogh, la fusion et l'activation des codes permirent d'identifier un portail du système d'Orion appelé Œil d'Orion, un passage vers le monde d'Aïn Soph Or permettant d'entrer en lien avec la Conscience unitaire Père/Mère. C'était en fait l'accès à des clés de connaissances précises que devait retransmettre cette lignée, connue comme la lignée de Khéopsis. Des connaissances au service de la Matrice Mère donnant accès à toutes les semences de la Source.

La fusion avec l'autre régente, Rassilia, se fit un peu différemment de la première et donna naissance à la lignée Bel Ashatan, soit celle qui rayonne la connaissance et l'amour des principes Père/Mère.

Ainsi, les deux lignées allaient créer cette grande école dans le système solaire choisi de la constellation d'Orion, soit celui de Mintaka, dans le but de diffuser un plan d'éducation qui allait servir l'émergence des familles christiques sur différentes étoiles. Elle serait aussi l'école des Melchizédech, des garants de la connaissance. La Conscience unitaire est tout simplement l'union parfaite des deux principes Christos et Melchizédech. Christos, qui est amour, compassion et don de soi, et Melchizédech, qui est droiture, justice, clarté et sagesse. En réalité, une seule et même conscience sous forme de deux aspects complémentaires.

On peut se demander pourquoi Sethi n'activa pas les deux lignées de la même façon. Le choix à ce moment paraissait juste et semblait correspondre aux énergies à mettre en place en fonction du travail de chaque lignée, mais une légère distorsion apparut dans la trame évolutive et progressivement celle-ci prit des proportions qui allaient avoir des conséquences dramatiques pour ce quadrant galactique.

Dans la liberté essentielle du choix, il y a une notion hautement initiatique. Lorsque vous accédez à la connaissance, vous êtes face à un choix : servir le bien commun ou vous servir vous-même. Tout dépendra de votre relation à la Source. Si vous pensez que la Source est un élément extérieur, cela implique une conquête pour prendre de l'information. Vous vous placez en tant que conquérant, c'est-à-dire dans une conscience de séparation d'avec la Source. Mais si vous vous considérez comme une cellule unifiée, comme une expression de la Source, qui se reconnaît dans ce mouvement sacré de la vie, dans cet amour infini, dans cette respiration, vous ne pouvez que servir le bien commun en toute humilité, en toute simplicité.

En Rassilia est monté le sentiment que, du fait d'une fusion différente, ce n'est pas avec elle que Sethi a découvert le passage de l'Œil d'Orion, le fameux «portail». Par cette forme-pensée est née en elle une vibration qui allait aussi influencer sa descendance. Elle a transmis à la lignée Bel Ashatan une vibration de séparation. En réalité, il n'y avait aucune séparation entre la famille Khéopsis et la famille Bel Ashatan. Elles étaient complémentaires.

Ainsi est né le germe de l'esprit de compétition dans la lignée Bel Ashatan, germe qui allait générer de graves conflits dans de nombreux systèmes solaires. Cela explique aussi le grand plan et la mission actuelle de votre Terre.

La mission d'Orion était – et demeure en grande partie encore aujourd'hui, malgré les conflits qui ont eu lieu – un passage par «l'Œil d'Orion». Un passage où deux grandes lignées devaient agir comme votre kundalini. Ida, le nadis de gauche bleu, féminin, porteur de la connaissance, et Pingla, le nadis de droite rouge, masculin, porteur de la projection de la connaissance. Le féminin est comme un réservoir de connaissance ; il a la possibilité d'aller puiser dans la Source première des semences de connaissance parce qu'il est en mode réception de ces semences de connaissance. Et le masculin, qui fournit la structure, permet à ces semences d'exister, de croître.

Rassilia ne s'est pas vue dans sa fonction. Son nom même, Rassilia, signifie « lier les races » en apportant la structure et la manifestation des lois de vie dans le mouvement en cercle où chacun peut exprimer une facette de la vérité. En ne reconnaissant pas son mandat et celui de sa lignée à cause de sa frustration, elle a engendré une forme de convoitise. Vous savez, ce sont vos regards et vos interprétations de la vie qui influencent vos choix. Et dans ce cas-ci en particulier, des choix vécus par la pensée et les émotions ont transmis cellulairement la vibration de la convoitise à la lignée.

Lorsque Seth An Bel Ashatan est devenu régent, la lourdeur déjà présente dans la lignée a fait en sorte qu'il n'a pas eu accès au passage de l'Œil d'Orion. Le portail ne s'est tout simplement pas ouvert. Par une forme de manipulation, il a tout de même réussi à y avoir accès à un moment donné, mais le pouvoir conféré fut utilisé à mauvais escient. Il savait recourir à la persuasion et jouer sur certains concepts en sa faveur. Par exemple, il défendait que « puisque nous sommes une manifestation du Divin, nous n'avons pas besoin d'un Conseil extérieur, le Conseil de Sirius, pour prendre des décisions. J'ai développé certaines capacités en pénétrant l'Œil d'Orion et je suis en mesure d'être votre guide unique ».

Il démontra effectivement sa puissance et réussit à en convaincre plusieurs. Certains se disaient : «Oui, après tout pourquoi donner le pouvoir à un cercle de sages, alors que finalement nous sommes tous des dieux?» Nous le répétons, même si vous êtes tous des dieux, vous avez besoin de l'énergie du cercle pour confronter vos compréhensions, voir si elles s'ajustent, voir si elles sont dans le respect du vivant. On ne prend jamais de décision seul; une décision doit être partagée, décidée à l'unanimité, car l'unanimité permet aussi d'être dans le juste, dans le respect du vivant.

Comprenez bien que la Source «*est*» et que lorsqu'elle se manifeste dans un monde, une étoile, un soleil, un système, elle ne peut se reconnaître que par l'initiation du choix. Et il n'y a pas de faille dans la structure même de la Source première, mais un univers fils qui veut devenir un univers Père/Mère doit rayonner la connaissance, et cette connaissance doit passer par la compréhension des lois de vie, mise en évidence par ses choix.

Seth An aurait pu faire un choix lorsqu'il m'a demandé ce que je pensais du Haut Conseil de Sirius et de sa façon d'agir. Il m'a demandé : «Ne crois-tu pas que nous perdons beaucoup d'énergie, de temps précieux lorsque nous devons toujours nous référer au Haut Conseil de Sirius pour prendre des décisions concernant finalement nos étoiles? En tant que régent, je suis en lien direct avec les fréquences de mon étoile d'appartenance. Alors, pourquoi des Êtres en lien avec des fréquences différentes doivent-ils donner leur avis sur certaines questions? Ce n'est pas dans l'ordre. De plus, pourquoi devons-nous toujours attendre que l'avis soit établi à l'unanimité, alors que certains n'ont même pas de codes matriciels liés au système d'Orion, sans même compter qu'ils ne sont pas liés au système de Rigel? Pourquoi devons-nous

toujours référer à l'unanimité alors que les décisions pourraient être prises à la majorité ? »

À ce moment-là, je lui ai répondu : « Seth An, si certains
éléments sont décidés à l'unanimité, c'est bien parce que
nous sommes dans le mouvement circulaire de la vie qui
demande une réponse positive à la vie, dans le respect de
tous les plans, de tous les règnes, de toutes les dimensions.
La majorité crée une séparation. D'ailleurs, pourquoi la
majorité aurait-elle forcément raison ? Ce n'est pas parce
qu'on est plus nombreux que cela est juste. »

Même si vous êtes d'Essence christique, vous ne pouvez
rayonner cette Essence que par l'initiation du choix. Quel est
votre choix aujourd'hui, humains de la Terre ? Actuellement,
vous êtes constitués d'ombre et de lumière. Alors, nous vous
proposons de revivre certaines initiations, de vous libérer
ainsi de toutes formes de culpabilité, de développer de la
compassion pour vous-mêmes et d'accepter vos limites.
Vous savez, accepter d'échouer est aussi une grande initiation, car c'est par vos échecs que vous apprenez beaucoup.
Encore faut-il que vous ne vous blâmiez pas après avoir vécu
un échec.

À l'heure actuelle, cette Terre est un univers fils en voie
de devenir un univers Père/Mère. Vous devez donc vous
affranchir du système de survie et de toutes les éducations
des familles involutives, car c'est par l'éducation qu'elles
vous maintiennent hybrides.

Je sais que beaucoup d'entre vous craignent encore d'être
manipulés. Vous l'êtes actuellement du fait que l'on ne vous
révèle pas vos origines véritables et qu'on vous enferme dans
des systèmes de croyances. Sachez que dès que vous entrez
en contact avec des êtres, quels qu'ils soient, vous vivez ce
que l'on appelle de la transmission d'informations. Vous êtes

donc de toute façon influencés par les transmissions effectuées. Et comme vous devez faire le tri de ces informations, il est important que vous soyez éduqués à la Conscience universelle d'amour, aux lois de la vie, car vous avez ce pouvoir qu'ont tous les dieux, celui de créer, et si vous recevez des influences sans discernement, votre pouvoir de créer peut nourrir des familles involutives, celles qui sèment le chaos et la dispersion. Sans discernement, vous risquez fortement d'utiliser votre pouvoir créateur à mauvais escient, contre vous-mêmes, votre propre race et votre planète.

Durant ces *Conclaves*, nous avons tenté d'apporter des solutions à cette humanité, car la cellule *Terre* a été précisément créée dans une intention de rédemption de ces familles involutives. Il a fallu créer des trêves avec les conquérants qui détruisaient bon nombre d'étoiles. Nous leur avons laissé des territoires comme Rigel, Zeta Reticuli, Alpha Draconis et Polaris, même une partie du système de Sirius. Et nous avons créé le *plan Terre* précisément pour que les familles christiques en voie d'ascension, et dont certains membres n'avaient pas pleinement réussi leur ascension dans leur étoile respective, puissent parcourir ce chemin d'ascension sur terre.

Et vous vous êtes incarnés pour cela, chers amis. Vous avez vécu des traumatismes durant les guerres galactiques et des parties de vous se sont fait capturer et emprisonner dans des niveaux vibratoires de basse fréquence tout simplement parce que vous avez vécu de l'impuissance, de la culpabilité et de la colère. Alors, lorsqu'on vous a présenté le *plan Terre*, votre Essence première, votre nature la plus haute, a dit OUI, parce qu'elle a immédiatement compris que la Terre serait un moyen de libération de toutes ces parties de vous-mêmes, ces extensions ayant connu des souffrances, et qu'elle pouvait être une cellule d'expérience d'une grande réconciliation non seulement pour vous, mais même pour des systèmes entiers. Aujourd'hui, vous êtes sur le point de créer ce nouvel ADN humain/galactique, un ADN de rédemption qui manifestera le plan de solarisation depuis un ADN métissé pour enfin parcourir un chemin d'ascension. Cela devient possible. Et vous avez traversé tout cela pour cet instant sacré et magique sur terre, sur cette planète née d'une intention de réconciliation des familles.

Aujourd'hui, votre devoir d'amour est d'agir sur vous, humains de la Terre, en transportant de l'information contenue dans ces particules adamantines qui interagissent avec votre expérience humaine et terrestre, qui vous rappellent votre Essence première et la raison pour laquelle vous êtes venus sur terre. Mais pendant que ces particules sont diffusées, il est important que nous vous éduquions à la Conscience christique, que les valeurs spirituelles de cette Conscience d'amour puissent s'installer en vous comme des graines dans une bonne terre. Nous modifierons en même temps votre terrain, qui a été hybridifié, afin que vous puissiez accueillir et recevoir l'information de ce parcours initiatique d'ascension de ces familles stellaires, et nous vous éduquerons pour prendre soin de cette pousse, pour créer un nouveau jardin, un nouveau paradis comme cet univers n'en a jamais connu.

Nous aimerions porter à votre attention que même si la façon de vous présenter les Conclaves semble leur donner un aspect plus formel de réunion d'un Concile humain, par le fait de la qualité de notre présence il n'est pas nécessaire pour nous d'être en un seul endroit pour communiquer. Nous sommes instantanément en contact avec la conscience universelle au-delà des formes et entre nous. Certes, la tenue du Conclave nous amène à placer des énergies en commun, ou ce que vous appelez des vaisseaux, mais la manière dont le Conclave vous est présenté a ainsi été adaptée à votre réalité dimensionnelle pour en faciliter la compréhension.

C'est avec beaucoup d'amour, chers humains, que nous vous convions maintenant à ce troisième Conclave.

Nous espérons que cette introduction vous permettra de mieux prendre place parmi nous et de participer à nos échanges.

LE CONCLAVE DÉBUTE

LE 8 NOVEMBRE 2013

Introduction par Rosanna Narducci

Je suis amenée vers le portail de rédemption du Temple de Kom Ombo, en Égypte, jusqu'en son centre où se trouve un pilier de lumière bleu cobalt. Je pénètre à l'intérieur de ce pilier bleu cobalt, de haute fréquence. On fait descendre sur moi un manteau de lumière dorée afin de fusionner mes corps énergétiques avec mes mémoires galactiques. Maintenant, grâce aux vibrations de ce pilier bleu cobalt, je suis aspirée à l'intérieur d'un vaisseau de lumière or appartenant à la Fraternité dorée.

Je suis accueillie par le Maître Lady Nada et le Maître Sananda. Il y a beaucoup d'amour et de joie autour de moi et on m'invite à prendre place dans ce Conclave. C'est une grande salle avec une table et je m'installe à côté du Maître Christ'al Chaya.

À cette table préside le Maître Shinta Naya Horus Kron, ainsi que cela est généralement le cas au sein du Conseil de la Fraternité dorée.

Au cours de ce Conclave, me dit-on, différentes délégations galactiques se présenteront et un vaisseau de l'Ashtar Command viendra s'amarrer ici au vaisseau de la Fraternité dorée.

Le Maître Shinta Naya Horus Kron va prendre la parole.

Maître Shinta Naya Horus Kron

Salutations, humains de la Terre. Je suis le Maître Shinta Naya Horus Kron de la treizième dimension du système de Pégase. Je viens vous apporter des solutions énergétiques concrètes qui permettront le passage et l'intégration de vos différents corps énergétiques dans la nouvelle matrice de Gaïa.

Le 21 décembre 2012 a été le point de convergence de l'avènement d'une nouvelle humanité, de la création du nouvel Adam galactique. Les particules encodées par les différentes familles christiques ayant réalisé leur processus d'ascension modifient les gènes et le plan de construction de votre ADN, et en transforment le moule énergétique. Afin d'aligner vos consciences sur ce nouveau mouvement vibratoire, il a été nécessaire de vous proposer le passage dans les différents portails de rédemption. Trois portails majeurs sont installés sur terre depuis le 21 décembre 2012 avec le premier portail sur une matrice yin de la Terre, où siège actuellement la kundalini terrestre, entre la Bolivie et le Pérou à la porte d'Aramu Muru. Les Andes sont encore imprégnées de la Conscience unitaire de l'ancien continent Mu.

Le deuxième portail de rédemption a été activé le 26 octobre 2013 en Égypte, sur une matrice yang de la Terre, un ancien siège de la kundalini terrestre, au Temple de Kom Ombo, où deux lignées ont été représentées : la lignée reptilienne, par le dieu Sobek, et la lignée Melchizédech, par le dieu Horus. L'Égypte ancienne fut également une des sept colonies du continent Mu.

Le troisième portail de rédemption sera activé en mars 2014 à l'île de Pâques, précisément là où se trouvent sept *moai* particuliers regardant vers l'océan. Le portail sera placé entre les deuxième et troisième *moai* – une porte interdimensionnelle.

L'île de Pâques est aussi un fragment de l'ancien continent Mu. Les sept *moai* regardant vers l'océan savent qu'un jour prochain une humanité nouvelle naîtra, qui sera composée d'un ADN unique issu de la fusion d'un ADN portant la conscience de l'essence des mondes unitaires et d'un ADN ayant subi des altérations par des formes d'hybridation. Cet ADN solarisé permettra d'unir tous les mondes et de libérer les familles involutives encore asservies par les plans mardoukiens et qui demeurent dans une obscurité totale, sans même avoir connaissance de la véritable Source d'Amour/Unité. Cet ADN solarisé se construit par le processus d'ascension de l'humanité terrestre.

Il est donc fondamental, pour les humanités futures et les humanités entravées dans leur évolution, que l'humanité terrestre actuelle puisse parcourir son processus d'ascension jusqu'au rayonnement ultime de la cellule qui servira alors d'information repère. De ce fait, cette information sur votre processus de transmutation et de conscientisation vécu par l'accès au champ unitaire de l'humain devenu Christ et rédempteur est d'une importance capitale. Durant ce Conclave, vous comprendrez ce qu'est la rédemption et ce qu'est un rédempteur des mondes, un Christ révélé.

Tout d'abord, je vais vous présenter ces différents portails et leur mode de fonctionnement, et puis je vais vous dire comment travailler à l'intérieur de ces portails. Le premier portail de rédemption à la porte d'Aramu Muru est composé de trois piliers majeurs. Ainsi, lorsque vous êtes face au portail, vous voyez :

- un pilier bleu cobalt à gauche,
- un pilier or à droite,
- un pilier platine au centre.

Lorsque vous vous présentez devant ce portail, vous devez faire face au pilier central, le pilier platine qui est l'union du pilier bleu cobalt « rigueur » et du pilier or « amour compassion ».

Précisément, lorsque vous êtes face au pilier central platine, il y a un appel magnétique, par ce pilier, de vos extensions hybrides [1] ou hybridifiées à venir se présenter afin de recevoir une libération du principe trinitaire inhérent en chacun.

Ce principe trinitaire est Père/Fils/Saint-Esprit. Le Père représente les univers au-delà d'Aïn Soph Or, les univers unitaires ayant atteint leur processus d'ascension et devenant des univers de création des mondes.

Le Fils représente les univers fils, ceux qui n'ont pas encore atteint l'ascension, l'unification et la maîtrise, mais qui sont en apprentissage de la maîtrise.

Et le Saint-Esprit représente la Lumière, le cœur matriciel de la Cellule Souche, le principe de la Conscience Je Suis qui est l'Ordre divin. Cet Ordre divin veut que ce qui est intérieur rayonne vers l'extérieur. Le respect de la vie est

---

1   Les extensions sont des parties de vous non terrestres qui ont subi, dans d'autres temps et d'autres dimensions, des formes d'agression. En particulier, certaines ont été enfermées dans une zone fréquentielle de « basse fréquence ».

l'Ordre divin. La vie naît dans la matrice intérieure de la Source qu'est le féminin sacré.

Durant les différentes guerres galactiques ou terrestres, c'est votre part féminine qui a été asservie. Les forces involutives vous ont domestiqués pour donner la priorité au «faire» et à l'«avoir», au détriment des besoins fondamentaux et réels de votre Être, car si vous êtes dans l'écoute de votre Être fondamental, vous ne pouvez détruire la vie ni aller à contre-courant de la vie. Alors, pour asservir, ils ont voulu faire taire la part du féminin.

Vous, humains de la Terre qui aujourd'hui absorbez toutes ces particules adamantines et réunifiez des parts multidimensionnelles de vos êtres qui ont traversé bien des mondes de fréquences différentes, devez aussi prendre conscience que certaines parts de vous-mêmes peuvent être enfermées dans des prisons énergétiques, à savoir dans certaines zones de fréquence. Ce sont ces extensions-là qui ont besoin d'être guéries et ramenées dans le Cœur christique. Seulement, ces extensions ont des traumatismes, car elles se souviennent que lorsqu'elles ont tendu leurs mains aux Dracos, aux Reptiliens pour fraterniser, ceux-là les ont trahies et leur ont menti. Ces extensions qui se sont présentées aux forces involutives, dans cette Conscience d'amour christique, ont alors développé des croyances telles qu'«être compassionnel, c'est se faire avoir».

Durant les conflits, ces extensions de vous-mêmes, asservies, prisonnières, n'ont pas eu d'autre choix que de se soumettre et elles ont appris la survie. Elles ont appris la peur, l'aversion, le doute. Elles ont appris la convoitise. Elles ont appris la concurrence, la compétition. Elles ont appris la douleur et la souffrance. Elles ont vécu un sentiment d'impuissance, elles ont ressenti de la colère envers leurs bourreaux et se sont enfermées dans des strates de fréquences vibratoires ne pouvant s'élever.

D'autres extensions de vous-mêmes ont pris l'épée et se sont battues. Elles ont tellement combattu qu'elles se sont endurcies, qu'elles sont devenues à l'image de ceux qui ont voulu les conquérir, et ces parties-là de votre Être doivent également retrouver cette voie du milieu. Elles ont peur et elles sont habituées à être sur la défensive au lieu d'être dans la vigilance. Elles se sont dit : «Ne baissons jamais la garde, car nous savons très bien que les familles reptiliennes sont prêtes à bafouer toutes les lois pour obtenir ce qu'elles veulent.» Et ces extensions ont développé une forme d'intransigeance. Puis, peu à peu, elles ont éprouvé de la culpabilité parce qu'elles n'arrivaient jamais à mettre un terme aux conflits, aux conspirations. Ces extensions-là se sont également senties impuissantes et coupables d'un sentiment d'échec.

Toutes ces extensions de vous-mêmes qui se sont jugées d'avoir été ou trop compassionnelles ou pas assez rigoureuses, voire rigides, sont enfermées par la honte, mais aujourd'hui elles sont appelées à se présenter devant le pilier central du portail de rédemption de la porte d'Aramu Muru. Ce pilier platine est l'union parfaite de la Conscience Melchizédech et de la Conscience Christos qui sont, en réalité, une même conscience. Il ne peut y avoir de rigueur sans amour, car la rigueur sans amour devient intolérance, intransigeance et, au lieu d'être dans l'alignement, l'excès de rigueur éloigne du centre du Cœur christique.

L'amour-compassion ne naît pas de l'affect et il a besoin de rigueur, de vérité, de droiture, d'observation, de discernement. L'amour véritable n'est pas un état émotionnel provoqué par des évènements extérieurs, mais un état d'être qui génère un rayonnement manifeste parce qu'il y a la maîtrise.

La maîtrise est l'apprentissage des lois de vie, la maîtrise est ce passage de l'ancienne matrice de survie vers une nouvelle matrice : la matrice unitaire, celle où vous découvrez votre véritable Essence, la véritable nature de votre Présence Je Suis. Cette nature christique a le pouvoir de créer dans la nouvelle matrice de la Terre. Vous êtes créateur. Vous ne pouvez plus être dans ce confort virtuel que vous ont présenté ces anciennes sociétés basées sur le patriarcat et leur faux sentiment de sécurité. Dans l'ancienne matrice, posséder suffisamment d'avoirs pouvait générer un sentiment de sécurité. Dans la nouvelle matrice, cela n'apporte plus ce sentiment de sécurité et il n'y a plus de repères, car ceux-ci étaient liés à la matrice ancienne de la Terre et cette matrice n'est plus.

Pour vous adapter aux nouvelles fréquences de la Terre et participer à l'avènement de la race solaire, à l'élaboration du nouvel ADN humain, il est nécessaire que toutes vos extensions enfermées par les forces involutives soient maintenant libérées. Présenter vos extensions devant le pilier platine permettra à celles-ci de recevoir le plan d'éducation de la Conscience Melchizédech.

Une fois éduquées au principe de vie, ces extensions vont rejoindre le Cœur christique et vous permettre d'acquérir votre maîtrise, faisant rayonner votre Présence divine Je Suis. Lorsqu'un certain seuil de rayonnement sera atteint sur cette planète, les forces involutives conquérantes n'auront plus d'autre choix que de se soumettre à la volonté unitaire du Cœur christique.

Dès que ces extensions auront passé le premier portail de rédemption, elles seront conduites vers le deuxième portail, en Égypte, au Temple de Kom Ombo. Ce portail a une autre configuration. Il est formé d'une étoile à cinq branches représentant le pentagramme, l'homme nouveau, l'homme ayant atteint sa maîtrise, l'homme initié. Ce pentagramme est entouré de trois cercles de lumière représentant la part féminine de l'enseignement Melchizédech. À l'intérieur de l'étoile à cinq branches, il y a le cœur matriciel de la Source originelle, un triangle permettant la réconciliation et l'unification de la Déesse du ciel, de la Déesse de la Terre et de la Déesse initiatrice.

À l'intérieur même de ce triangle se trouve une lemniscate or, symbole de la Conscience Melchizédech en action. Ce portail est également composé de 19 codes matriciels à l'empreinte reptilienne et 19 codes matriciels à l'empreinte Melchizédech. Le chiffre 19 représente le soleil, l'union du soleil noir et du soleil or, une union rendue possible lorsqu'il n'y a plus de volonté de pouvoir de la part des familles involutives, lorsque celles-ci comprennent enfin qu'elles doivent servir plutôt qu'asservir.

Servir le bien commun, telle est la devise des Melchizédech. Et l'on ne peut servir les intérêts de l'ensemble au détriment de la vie. Sur terre, par exemple, vous avez besoin de véhicules pour vous déplacer, mais votre technologie produit du dioxyde de carbone ; vos véhicules sont donc conçus dans la conscience de la matrice involutive. Nos véhicules sont non polluants, parce qu'ils sont créés dans la Conscience matricielle unitaire et qu'ils respectent la vie sous toutes ses formes, dans toutes les dimensions. Il n'y a plus aucune trace de fracture à l'intérieur même de nos cellules. Et c'est cette information d'unification que nous vous transmettons par la descente de ces particules adamantines.

Humains de la Terre, travailleurs de lumière, vous êtes appelés à former une nouvelle Arche d'Alliance, le nouveau Corps christique de l'humanité, à devenir la matrice accueillant le Christ révélé. Vous devez être mères et pères du nouvel Adam, vivre en conscience la seconde naissance du Christ.

Souvent, vous invoquez les Maîtres pour leur demander protection et guidance. Aujourd'hui, c'est nous qui vous appelons, car nous avons besoin de vous pour solariser tous les univers sombres, pour apporter une information unique, celle d'un ADN hybride qui se christifie parce qu'il reconnaît sa véritable nature, sa véritable Essence. Mais reconnaître son Essence n'est qu'un pas dans le processus d'ascension, qu'une étape vous demandant humilité, clarté, transparence, équanimité, vous demandant d'être authentiques vis-à-vis de vous-mêmes, vous demandant aussi le non-jugement de vos ombres. Vos failles ont trop souvent servi les forces involutives dans leurs plans d'annexion et elles demeureront des failles tant que vous continuerez à vous juger, à vous critiquer, à vous blâmer. Ces failles ont besoin d'être regardées, d'être nommées et d'être éduquées au principe de vérité, au principe d'amour.

Si vous niez vos failles, elles deviendront monstrueuses, agressives et vous abriterez alors des démons intérieurs qui vous empêcheront d'être un lien avec la Source première – des parasites dans la connexion avec votre Divine Présence Je Suis.

Le deuxième portail de rédemption a été placé à Kom Ombo, car du temps de l'Égypte ancienne, une colonie reptilienne s'était réfugiée ici, une colonie exécutante qui en avait assez de servir des conquérants assoiffés de pouvoir.

Ils avaient demandé à Horus l'Ancien de prendre refuge et de servir les Unités christiques. Horus l'Ancien avait alors accepté de les éduquer.

Kom Ombo était aussi un centre de guérison et d'expérimentation sur les différentes altérations de l'ADN qui avaient eu lieu en Atlantide. Kom Ombo est un endroit où l'on peut voir le Nil, l'élément eau, l'élément nourricier et, symboliquement, la matrice de vie de l'Égypte ancienne. Et pourtant, dans cette matrice ont été placés des crocodiles et, sur les êtres incarnés à cet endroit, des manipulations génétiques ont été pratiquées, notamment par l'implantation de programmes involutifs.

Durant des siècles, les forces involutives vous ont appris à vous soumettre à de faux dieux et ont altéré, dénaturé, le sens de *religio*. La religion est devenue dogme, contrainte et abus de pouvoir.

Les travailleurs de lumière ayant collaboré avec le Maître Christ'al Chaya sur l'élaboration et l'activation de ce portail sont des êtres qui ont dépassé les dogmatismes religieux. L'Égypte actuelle ne reçoit presque plus de touristes. En fait, en majorité, ce sont des travailleurs de lumière. Il est nécessaire, humains de la Terre, de ne pas résister à la puissance vibratoire de la nouvelle matrice qui vous révèle votre nature, qui vous apporte liberté et autonomie.

Le troisième portail de rédemption qui s'ouvrira en 2014 à l'île de Pâques installera définitivement la Conscience lémurienne sur terre. En Lémurie, les êtres regardaient le cristal comme un maître et ne cherchaient pas à l'utiliser comme un esclave pour augmenter leur pouvoir, ainsi que l'ont pratiqué les Atlantes. Reconnaître l'autre dans sa véritable Essence, dans son état fondamental et premier, permettra la libération des mondes. Si vous reconnaissez la divinité en chaque Être, vous lui permettez de dissoudre tout karma résiduel, d'être allégé, vous lui permettez l'évolution et vous vous permettez également d'évoluer dans la Conscience du Cœur christique.

Évidemment, reconnaître l'Essence d'un être consiste à poser sur lui un regard d'amour. Une mère ne regarde-t-elle pas son enfant avec les yeux de l'amour? Et pourtant, une mère sait gronder. Elle éduque. Alors, regarder les exécutants des familles involutives avec amour, ce n'est pas tout accepter, ce n'est pas être d'accord avec ce qu'ils ont fait; c'est regarder leur véritable Essence, leur ouvrir le chemin du pardon.

On ne leur a jamais appris ce qu'est le pardon. On leur a appris à obéir. On leur a dit: «Si tu fais comme ceci, c'est bien, si tu fais comme cela, c'est mal; si tu fais le mal, nous te punirons, et c'est nous qui définissons ce qui est mal et ce qui est bien.»

Alors, selon les valeurs qu'on leur a imposées, s'ils ont fait le mal, ils se sentent pitoyables et cherchent à attribuer leur faute à quelqu'un d'autre afin de ne pas être punis. Ils ne connaîtront donc jamais le pardon.

Lorsque nous invitons les exécutants à rejoindre les familles christiques, nous leur disons qu'ici ils ne sont point jugés, ils ne sont point condamnés, ils ne sont point punis. Ils sont respectés, mais ils doivent apprendre à être responsables de ce qu'ils ont créé, à mesurer les conséquences de ce qu'ils créent et à discerner si cela vient servir les mondes de beauté et d'unité ou si cela apporte le chaos et la destruction.

Sur un plan spirituel, penser, dire ou faire est la même chose. Sur un plan terrestre, certains pensent, mais ne disent pas. Certains disent, mais ne font pas. Si nous devions vous juger sur cet alignement du «dire», du «penser» et du «faire», aucun humain ne serait aligné. Alors, nous regardons vos intentions et nous apprenons aujourd'hui à vos extensions hybrides, ainsi qu'aux exécutants des forces involutives, à découvrir leurs véritables intentions, celles qui sont reliées à leur Essence christique. Ils n'ont plus d'intentions puisqu'ils n'ont appris qu'à obéir à des intentions ne leur appartenant même pas. Ils doivent donc apprendre à découvrir leurs véritables intentions.

Dans les écoles que nous sommes en train de préparer, où beaucoup d'exécutants reptiliens expérimentent le plan d'éducation Melchizédech, ceux-ci commencent à nous dire qu'ils se sentent vivants, mais qu'ils ont peur, car être vivant, c'est être libre, et ils ne savent pas quoi faire ni comment gérer leur liberté.

Ce n'est plus une connaissance extérieure qui leur est proposée, mais la découverte de la connaissance intérieure. Lorsque ces êtres découvriront la connaissance réelle des lois de vie, il n'y aura plus de différence entre le pouvoir intérieur et le pouvoir extérieur. Et plus aucun pouvoir extérieur ne pourra les convaincre de ce qui est juste et de ce qui ne l'est pas.

J'ai confié au Maître Christ'al Chaya cette tâche d'éduquer les parts hybrides et les exécutants des familles involutives afin qu'ils rejoignent le Corps unitaire christique de l'humanité nouvelle. Christ'al Chaya a été nommé régent d'Orion et connaît bien les familles involutives pour les avoir observées et côtoyées.

Seth An Bel Ashatan a été un grand mentor. Il est aujourd'hui le chef suprême des familles involutives, mais il n'est pas le seul à régner sur ces familles ; il est accompagné et inspiré par sa parèdre, Isis Actaé. Nous statuerons, au cours de ce Conclave, sur le devenir d'Isis Actaé et nous lui demanderons d'expliquer la raison pour laquelle, en tant que représentation du principe féminin, elle a encouragé Seth An à devenir le conquérant qu'il est.

Je vous salue, noble assemblée, et je vais laisser la parole à un autre Maître.

Le Maître Amma Cristalia

Enfants bénis de la Source, je vous salue. Je suis le Maître Amma Cristalia, le complément divin féminin parfait du Maître Christ'al Chaya. Je collabore activement avec une équipe dont certains membres, le Maître Emartus et le Maître Jokhym, appartiennent à l'Ashtar Command, et nous travaillons ensemble à développer le nouvel ADN humain. Nous récoltons les différentes informations des familles christiques ayant accompli leur processus d'ascension et transmettons leurs mémoires akashiques, notamment celles qui ont trait aux différents conflits que ces familles ont vécus sur leur étoile d'appartenance, car ces informations vont vous permettre d'installer la paix sur cette planète.

Ces informations sont précieuses. Elles sont accessibles aux humains qui se sont ouverts à la Conscience de la nouvelle matrice de la Terre. L'année 2012 en a été une de réévolution. Elle a été une année «zéro», une année où tout l'ancien qui ne convenait plus a dû être annulé, transformé, transmuté. Et puis, 2013 a été une année d'éveil, de reconstruction, de conscientisation pour aller vers 2014-2015, qui seront des années d'exécution, ce qui signifie que vous serez de plus en plus conscients de votre véritable nature et que vous agirez de plus en plus en harmonie avec votre Présence Je Suis. C'est elle qui, peu à peu, reprend les rênes et nous veillons à ce qu'il y ait harmonisation de vos corps inférieurs, harmonisation de vos structures émotionnelles.

Plusieurs Maîtres, depuis le début de l'année 2013, vous ont demandé de rester vigilants et calmes. Des Maîtres de la Fraternité blanche, comme le Maître Saint-Germain, ou même des Maîtres de la Fraternité dorée, comme le Maître Christ'al Chaya, vous ont demandé de veiller à ce que vos pensées ne viennent pas alourdir les vibrations de l'humanité, de veiller à ce qu'elles élèvent les consciences, car en recevant toutes les infusions de ces particules adamantines, elles ramènent ce qu'il y a de meilleur, mais aussi toutes ces cristallisations, toutes ces mémoires galactiques où vous avez contacté vos premières souffrances, vos premières difficultés, votre karma racine. C'est aussi trouver le lien entre cette vie actuelle qui est finalement la synthèse de toutes vos vies et votre première expérience dans les étoiles. La découverte de ce lien, de ce fil conducteur nécessite de votre part une grande stabilité.

Et c'est votre difficulté à trouver ce lien qui vous rend justement instables. L'instabilité vous met parfois dans un état de confusion où vous ne savez plus quelle direction prendre. Vous refusez de lâcher certains vestiges, de lâcher certains bagages anciens, de vous libérer d'anciennes relations, alors que la nouvelle matrice de la Terre vous demande précisément de vous délester de tout ce qui vous entrave : vos croyances limitatives, vos anciens repères, vos illusions. Autrement dit, ascensionner vous demande de mourir pour renaître à une nouvelle dimension, à une nouvelle conscience.

Et puis, votre structure mentale, qui a été habituée à contrôler, à juger, à étiqueter, à compartimenter, à vivre dans un espace carré, doit désormais apprendre à vivre dans un espace circulaire. Dans l'espace de la Conscience de la Mère primordiale, le mental doit apprendre à utiliser la structure différemment, non plus dans le contrôle, mais dans le ressenti.

C'est au corps physique, qui est le véhicule le plus dense, le plus lourd, d'absorber toutes ces particules adamantines, de les digérer. S'il n'y a pas une discipline du corps physique, vous aurez de la difficulté à digérer ces particules adamantines. Sans discipline, vous vous sentirez fatigués, vous aurez toutes sortes de douleurs, des difficultés importantes dans le thymus. Vous devrez donc prendre soin de vos véhicules physiques. Vous ne pouvez pas rayonner à l'intérieur de vous-mêmes dans un état de délabrement extérieur.

Pourquoi aime-t-on la Déesse? Parce qu'elle est la personnification de la beauté. Mais la Déesse n'est pas belle pour attirer les regards ; elle est belle parce qu'elle vient du ciel, parce qu'elle représente les mondes magnifiés. Et vos véhicules physiques ne sont pas des poubelles.

Comment allez-vous absorber toutes ces particules si vous continuez à absorber tous ces sucres, ces édulcorants qui se transforment en graisses? Ces graisses stockées empêchent la libération de certaines cristallisations dans l'ADN, les échanges intracellulaires ne se faisant plus très bien. Ces difficultés sont en outre amplifiées par les formes vaccinales et toutes les émotions et blessures dont vos corps sont les réceptacles. Vos corps en sont marqués et leur aspect s'en trouve modifié.

Dans les sociétés anciennes spirituelles, il était fondamental d'amener le spirituel jusque dans le corps physique, jusque dans la chair. Les forces involutives ont effacé cela. Soit elles ont cultivé l'apparence du corps, développé certains artifices dans un but de conquête et d'asservissement, soit elles ont nié le corps. Mais le corps contient six milliards de cellules : chaque cellule est un monde en soi, chaque cellule est en quelque sorte un être unique. Vous ne pouvez négliger vos corps inférieurs, car ils ne sont pas inférieurs en réalité ; ils sont plutôt les réceptacles et les serviteurs de votre Présence Je Suis.

Une vie est précieuse. Combien de vies avez-vous empruntées ? Combien de corps ? Quand un vêtement est abîmé ou est passé de mode, vous le jetez et en prenez un autre, mais le corps nouveau de l'Adam galactique n'est pas un corps altérable ; il est un corps unique parce qu'il se renouvelle perpétuellement. Il ne connaît pas la mort, il ne connaît pas la dégénérescence cellulaire, il ne connaît pas le vieillissement, il ne connaît pas la maladie. Il est harmonie. Il est un outil précieux, un réceptacle, un Graal.

Vous êtes chacun des particules vibrantes et conscientes du Graal. Les parts involutives qui sont à l'intérieur de vous doivent reconnaître la souveraineté de votre Divine Présence Je Suis. Il n'y a pas d'autre souveraineté, il n'y a pas de dieu extérieur.

La voie du féminin sacré est fondamentale dans le plan d'éducation Melchizédech et, au cours de ce Conclave, nous vous enseignerons cette part féminine Melchizédech.

Soyez remerciés et guidés dans ce chemin d'ascension.

Le Maître Christ'al Chaya

Bien-aimés de l'Un, je vous salue. Soyez les bienvenues, chères âmes. Soyez accueillies dans la Présence des Cristaux Maîtres d'An d'Orion, d'où je suis.

Je suis Christ'al Chaya, Maître d'enseignement et de rigueur, un Melchizédech de la Fraternité dorée d'Orion, et je viens vers vous, humains de la Terre, en ces temps d'ascension, pour vous guider, pour vous permettre de trouver cet alignement avec votre Présence Je Suis.

Jusqu'à ce jour, humains de la terre, l'incarnation signifiait pour vous épreuves, apprentissage ou même dilapidation des potentiels de l'héritage. Vous étiez comme ce fils prodigue qui réclamait sa part d'héritage au père et allait disperser cet héritage en oubliant qui il était, d'où il venait et quel était son véritable mandat. Et puis, la vie vous a proposé, certes, une série d'épreuves et parfois les mêmes épreuves se sont répétées d'incarnation en incarnation sans que vous puissiez y trouver un sens. Quelquefois vous avez maudit Dieu et le diable, quelquefois vous avez préféré accuser les autres, quelquefois vous vous êtes blâmés vous-mêmes, quelquefois vous vous êtes flagellés.

Puisque nous revenons d'Égypte, j'aimerais vous parler d'un être que j'ai adombré en Égypte ancienne : Toth Ankh Aton, qui fut Merk sur Vénus et Ikyos sur Orion. Le jeune Toth Ankh Aton a succédé à Akhénaton. Il était très jeune et sur les conseils du Grand Prêtre Aÿ, il accepta de changer son nom. Les prêtres d'Amon lui demandèrent de changer Toth Ankh Aton par Toutankhamon. Il accepta, mais ce fut une grande souffrance pour lui. Ce fut une déchirure, car accepter cela c'était se soumettre, d'une certaine façon, aux forces involutives. C'était dire ouvertement : « Oui, je renie les principes d'Akhénaton. » Mais il continua en secret de pratiquer le culte d'Aton et attendit avec impatience l'heure où il pourrait à nouveau dire au monde entier qu'il n'y a qu'une seule Source, la Source première, qu'il n'y a qu'un seul Dieu, le Dieu Aton, le Dieu de Conscience unitaire, et que les mains qui servent sont aussi précieuses que l'Unique, que le Principe créateur.

Mais Toutankhamon fut trahi par le Grand Prêtre Aÿ et assassiné par empoisonnement. Il ne put jamais, avec son épouse Ankhsenamon, créer l'îlot de lumière à Tel Al Amarna. Il ne put jamais concrétiser le plan qui consistait à créer un nouveau modèle de société. Il ne put ensemencer ces sociétés christiques et, lorsqu'il sortit de son corps, après sa mort, qu'il traversa le masque funéraire, il eut un grand sentiment d'échec. Il avait échoué, c'est du moins ce qu'il croyait.

Pour se punir, il enchaîna alors plusieurs vies de martyr. Il fut saint Marc, saint Georges, le roi Atahualpa, et bien d'autres êtres, anonymes parfois. Il ne se sentait jamais assez digne puisqu'il n'avait pu être le précurseur du Christ rayonnant et régnant, le pharaon Sananda. Tout le monde sait aujourd'hui que Sananda n'a pas pu naître en tant que pharaon en Égypte ancienne et que toute la famille christique a dû se déporter dans la famille d'Abraham. D'ailleurs, j'aimerais ajouter que cette alliance à la lignée des *Abraham* faisait aussi partie du plan possible, dans la mesure où il était prévu que le succès de la mission d'Akhénaton, compte tenu des circonstances de l'époque, ne pouvait être assuré.

Seulement, aujourd'hui, comprenez, vous aussi, humains de la Terre, que vous êtes depuis des siècles comme

Toutankhamon : vous vous sentez coupables, vous croyez que vous êtes ces pauvres pécheurs, parce qu'on vous l'a dit et redit. Et pire que cela, on vous a appris à juger, à condamner, on vous a dit : « Punis-toi, puisque tu as échoué. » Tout cela, toute cette charge karmique que vous vous êtes infligée parce que vous vous êtes jugés incompétents, tout cela est effacé dans ce passage de la nouvelle matrice, dans ce passage du 21 décembre 2012.

Vous avez maintenant l'opportunité d'être les ensemenceurs de la Conscience christique sur terre. Et vous avez le devoir d'ascensionner, car vous n'ascensionnez pas que pour vous-mêmes, mais aussi pour les humanités futures et les univers obscurcis et affaiblis par les forces chaotiques.

À ceux qui croient encore qu'ils ne sont pas dignes, à ceux qui croient encore qu'ils ne sont pas des maîtres, mais juste des maîtres en devenir, je dirai alors :

« Cessez de vous excuser, cessez de vous identifier à vos manques, cessez de critiquer le fait de devoir vous relever juste parce que vous êtes tombés à maintes et maintes reprises. »

Si vous vous lamentez sur vos chutes, vous n'en retirerez jamais les enseignements. Combien de fois un patineur tombe-t-il sur la glace avant de devenir excellent ? Il est excellent par essence, sinon il n'aurait pas été appelé à évoluer sur la glace, mais il ignore qu'il l'est, il doit le découvrir. Seulement, s'il s'attache à ses chutes, s'il se juge chaque fois qu'il tombe, s'il se limite dans sa conscience, alors il ne découvre pas la grandeur de son être et l'importance de sa présence.

Ne vous dispersez plus, ne vous blâmez plus, nommez vos ombres et regardez ce que vous avez appris, regardez ce que l'on vous a obligés à développer en qualités.

Entrez peu à peu dans la Conscience des Melchizédech : c'est un chemin, un sacerdoce. Il ne s'agit pas d'une technique, mais d'une véritable alchimie de l'être. L'œuvre dépend de vous, de vos intentions, des regards que vous portez sur vous-mêmes, sur cette humanité, de ce que vous décidez d'amplifier.

La nouvelle matrice de la Terre est puissante. Si vous focalisez vos pensées sur vos limitations, sur vos peurs, elles seront renforcées, insupportables à vivre et vous serez déstabilisés, vous serez dans une confusion totale, dans l'épreuve, dans la résistance aux énergies de la nouvelle matrice. Si vous portez votre attention sur la quintessence des expériences, si vous vous attachez à la conscientisation plutôt qu'à l'expérimentation, vous atteindrez beaucoup plus rapidement la maîtrise.

Certains d'entre vous se disent : « Pourquoi avoir passé tout cela, toutes ces expériences humaines de vie en vie, pourquoi avoir répété inlassablement les mêmes sujets ? » Parce que votre vœu initial était d'ascensionner avec la Terre, pas avant, pas après. Et il y a une opportunité dans le temps actuel de la Terre, celle d'ascensionner avec elle. Ne passez pas à côté de cela puisque vous avez précisément traversé toutes ces incarnations pour ce moment unique.

Dans cette nouvelle matrice, l'épreuve n'est plus une épreuve ; elle devient une initiation, car vous ne subissez plus, vous vivez et traversez les difficultés en toute conscience, en pleine responsabilité.

Je vous transmets la rigueur et l'amour des Melchizédech. Je vous transmets l'épée des Melchizédech qui fait de vous un arbre de vie, un arbre de connaissance qui s'illuminent jusqu'à allumer la pinéale, ouvrir l'œil sacré, le portail d'Orion ou d'Horus, et rejoindre la Conscience unitaire de la matrice première, l'Atome doré christique, les mondes de connaissance Aïn Soph Or.

Votre corps est constitué telle une épée : votre tête est le pommeau et toute la partie inférieure de votre corps est la lame. La tête est Yod, les épaules sont Hé Hé et la lame, le corps, Vod. Autrement dit, vous êtes Dieu : Yod Hé Vod Hé.

La connaissance et les mondes de création sont symbolisés par votre tête, Yod, qui, en numérologie, est le 10. Lorsque les mondes de création s'incarnent en Vod, qui correspond au 6, c'est le 10, c'est-à-dire le 1, l'unité qui s'ajoute au 6, l'incarnation dans le cœur de Tiphreth : 10 + 6 = 16. Le 16, dans le tarot, est la tour foudroyée, l'épreuve. Mais je vous le répète, il n'y a plus d'épreuves, mais des initiations.

Lorsque vous acceptez de retourner à votre véritable nature, de donner priorité à votre Présence Je Suis, les épaules Hé Hé, qui sont le 5 et le 5, s'unissent par les mains qui se rejoignent en prière au niveau du cœur : 5 + 5 = 10 = 1.

À l'heure actuelle, beaucoup de particules adamantines dorées, de nature christique, descendent et amplifient également le rayonnement du soleil de votre système solaire, ce qui vous obligera à vivre de plus en plus d'initiations : YOD – VOD. Si vous n'êtes pas unifiés à l'intérieur du Cœur christique, vous ne pourrez franchir avec succès ces initiations, qui restent indispensables à votre ascension. L'ascension vous demande de passer de l'expérience à la conscience. La conscientisation de votre Présence Je Suis est fondamentale dans ce processus d'ascension, fondamentale dans le rayonnement de votre Être primordial.

C'est l'union du féminin et du masculin dans le Cœur christique par la voie de l'humilité, parce que le chevalier pose le genou à terre, dépose son ego à l'humus, comprend alors que l'ego est le serviteur et non le maître. À ce moment-là, il découvre le Graal et réalise qu'il est le Graal et le réceptacle du Christ, qu'il est l'union de la Terre et du ciel.

Vous respirez votre véritable Essence Yod Hé Vod Hé ou So Ham (je suis cela) et vous respirez tous le même prâna, vous êtes tous engagés sur le vaisseau Terre afin de collaborer à l'ascension de la Terre qui devient elle-même une nouvelle matrice pour les humanités futures, tout comme l'a été l'étoile Alnilam, du système d'Orion.

Aujourd'hui, nous transmettons le manteau galactique d'Orion à la Terre. L'ascension de la Terre permettra également à certaines zones d'Orion de rejoindre le Plan d'Unité christique. J'entends par là Rigel. Rigel d'Orion, associée à Epsilon Eridani et Zeta Reticuli, forme un triangle rouge, un vortex de passage pour les forces involutives, un vortex où elles se régénèrent, où elles puisent de l'énergie. Ce vortex est appelé à être modifié grâce à l'ascension de la Terre.

Plusieurs mondes vont monter en fréquence grâce à l'ascension de la Terre ainsi que plusieurs systèmes stellaires. Prenez conscience de cela, humains de la Terre, et méditez un instant sur votre responsabilité et sur l'importance de votre incarnation à l'époque actuelle de l'histoire humaine.

Soyez remerciés, pleinement remerciés et guidés dans votre évolution.

Hod Ha Melek Zedek Melchizedek Meschiah.

LE 9 NOVEMBRE 2013

Je suis amenée à nouveau au Temple de Kom Ombo, dans le portail de rédemption. Je suis à l'intérieur du portail, comme aspirée dans le vaisseau de la Fraternité dorée posté à cet endroit. Je suis conduite jusqu'à la salle du Conclave, où une place m'attend à côté du Maître Christ'al Chaya. Une délégation de l'Ashtar Command est arrivée et certains Maîtres vont s'exprimer devant l'assemblée de la Fraternité dorée. Le premier Maître qui s'avance est le Maître Hatonn, des Pléiades.

Rosanna

Le Maître Hatonn

Salutations à cette noble assemblée du Conseil de la Fraternité dorée. Je suis le Commandant Hatonn du système des Pléiades. J'ai pour mission de m'occuper du mécanisme de transition de la Terre.

Dans ce que nous avons observé chez les travailleurs de lumière, il y a une volonté de transformation, de libération, de changement, mais cette volonté est exprimée dans les

vibrations de l'ancienne matrice de la Terre, à savoir faire
des révolutions, imposer des changements par la guerre, par
toutes sortes de révoltes, par l'anarchie. Des changements
ne peuvent s'opérer par la conquête. Les conquêtes sont
conduites par des hommes, et dans la nouvelle matrice de la
Terre les changements doivent se faire à l'intérieur même de
la cellule d'ADN. Il ne peut y avoir de révolutions, car elles
mènent à l'involution, à la discordance.

Dans la nouvelle matrice de la Terre, à partir des divers
éléments extérieurs que vous avez créés dans l'ancienne
matrice, trouvez une forme d'adaptation, de transition vers
une conscience plus éclairée.

La compétitivité doit être remplacée par la coopération.
La séparation n'est plus à l'ordre du jour. On ne peut plus
séparer la science et la conscience. On ne peut plus séparer les deux cerveaux, l'hémisphère droit de l'hémisphère
gauche. Le temps est à l'union, l'union des interfaces, des
hémisphères cérébraux, du féminin et du masculin, l'union
du cœur et de l'esprit, pour le rayonnement de la Présence
Je Suis.

Il est vrai que l'ancienne matrice et tous ses modes de
fonctionnement sont en train de s'effriter, de s'écrouler
progressivement. À certains endroits de la planète, il y a des
résistances plus fortes, des résistances liées à des croyances
religieuses, à des croyances politiques. Ces lieux connaissent
alors des perturbations plus importantes, des conflits, des
montées de violence. Ces conflits et violences doivent être
équilibrés par le corps vibratoire des travailleurs de lumière
qui, s'unifiant, s'intensifie et rayonne davantage. Le rayonnement du corps des travailleurs de lumière doit apporter
un apaisement à ces secteurs qui résistent à l'émergence de
la nouvelle conscience.

Travailleurs de lumière, vous voulez des changements, mais vous devez cependant appréhender chaque élément sur votre planète comme un instrument, une manifestation du Divin et vous devez respecter cette manifestation en la consacrant au Divin.

L'argent est une énergie que vous utilisez sur cette planète. Vous avez choisi l'argent comme symbole de l'énergie divine, de l'énergie créatrice. L'énergie divine est toujours neutre ; elle n'est ni bien ni mal, elle devient maître ou serviteur. Comme vous avez été éduqués, implantés, limités par les forces involutives, vous avez fait de l'argent le maître et vos sociétés ont ainsi été bloquées dans leur évolution christique. Elles ont établi un système hiérarchisé où ceux qui sont au sommet de la pyramide exploitent ceux qui sont à la base.

Ce n'est pas en éliminant l'argent que vous allez modifier la pyramide ou la détruire. Vous devez transformer votre regard sur l'argent : cela fait aussi partie de ce que vous appelez « rédemption ». Vous devez considérer cette énergie de création comme un outil d'évolution. Si vous développez une Conscience christique, vous saurez que cette énergie est serviteur, que vous pouvez l'utiliser pour servir le bien commun et non pour servir vos intérêts personnels. Vous saurez également qu'on ne peut exploiter, esclavager, une partie de l'humanité pour qu'une autre partie puisse s'enrichir et vivre dans un état de consommation jusqu'à la destruction interne et externe de la flore, de la faune, des structures géophysiques, jusqu'à l'épuisement des ressources de la planète.

Humains de la Terre, vous devez apprendre à respecter la vie sous toutes ses formes. Vous ne pouvez utiliser des symboles comme l'argent et les renier en même temps. Cela est un jeu des forces involutives dans le seul but de vous dominer. Vous devriez regarder toutes les manifestations que vous avez créées, ou participez à créer dans votre environnement, comme des éléments de la Source première ; vous devez les considérer comme venant de la Source afin de trouver la voie de la transmutation et de la conscientisation. Seule la conscientisation ramène au centre de la matrice, au centre du Cœur christique, au centre du Cœur de la cellule et de son ADN. Dans ce Cœur sacré, vous verrez qu'il y a des éléments cristal et qu'il y a eu des intrusions. Votre cristal ne doit pas servir à amplifier ces intrusions ; il doit être clarifié au cœur même de la cellule et apporter la transmutation à toutes ces formes d'intrusion.

La transmutation se fait par la prise de conscience. Vous n'êtes plus obligés de vivre des crises pour atteindre la Conscience unitaire. À l'heure actuelle, si certaines crises de conscience augmentaient, cela mettrait en péril la structure même de votre planète. Évidemment, certains êtres disparaîtront avec l'ancienne matrice, car ils n'ont pas voulu se préparer à vivre dans l'autonomie et la liberté. La liberté, ce n'est pas faire ce que vous voulez, sans respect du bien commun, sans respect des lois de vie. La véritable liberté consiste à agir dans cette conscience du « nous » fusionné, dans cette conscience où vous ne désirez rien pour vous-mêmes. Dans cette conscience, ce que vous désirez sert l'ensemble de la collectivité humaine qui, elle-même, sert les humanités futures.

Considérez que vous êtes vous-mêmes une particule agissante, une particule de conscience dans ce grand corps de l'humanité nouvelle. Vous ne pouvez plus agir seuls, vous devez agir en collectif. Vous ne savez pas faire cela, car il y eut un temps sur terre où nous vous avons dispersés dans les différents endroits de la planète pour que vous puissiez informer ceux qui étaient autour de vous de cette Conscience d'amour, de cette Conscience christique. Seulement, dans ce mélange, dans ce contact avec les fraternités involutives, vous avez aussi été, en quelque sorte, contaminés par leur mode de fonctionnement et votre lumière a un peu perdu de son rayonnement initial.

Aujourd'hui, particules lumineuses, enfants de la Source, vous êtes appelés à vous retrouver et à vous rassembler sur terre pour échanger, pour vous aider dans cette évolution. Mais même dans ces moments de rassemblement, vos ombres veulent parfois prendre le dessus. Certains ont besoin de se faire remarquer, ont besoin de distinction, de reconnaissance, alors qu'ils devraient mettre tout simplement leur personnalité humaine au service de l'impersonnelle personnalité, au service de ce collectif.

Chacun de vous est une étincelle de vie, a des attributs, des potentiels qu'il doit apprendre à découvrir. Tant que vous demeurez dans la comparaison, tant que vous demeurez envieux de ce que d'autres possèdent, vous ne pourrez découvrir vos potentiels. Si ces potentiels restent latents, ils ne serviront pas le bien commun. Tant que vous ne vous reconnaissez pas comme des Maîtres incarnés, vous ne mesurez pas votre responsabilité dans ce processus d'ascension et vous n'incarnez pas votre Divine Présence Je Suis. Tant que cette Divine Présence Je Suis ne peut s'unir à votre Cœur christique parce que la personnalité humaine fait encore obstacle, parce que vous n'avez pas guéri toutes vos blessures, tous vos manques, toutes vos peurs, vous ne pouvez être ce que vous êtes, vous ne pouvez manifester, vous ne pouvez agir, et vous restez alors, au regard de l'humanité dans son ensemble, de doux rêveurs ou des êtres bizarres.

Nous ne voulons pas que vous soyez regardés comme des êtres bizarres ; nous voulons que vous soyez agissants dans ces sociétés nouvelles. Les sociétés nouvelles s'installeront par votre collaboration active, par vos présences rayonnantes dans ce monde. Vous devez ramener les éléments du Très-Haut dans la matière, dans votre environnement tridimensionnel. Lorsque cet environnement tridimensionnel sera en parfaite fusion avec les éléments des quatrième et cinquième dimensions, à ce moment-là pourra commencer le processus d'éthérisation de la Terre.

Le processus d'éthérisation ne signifie pas que la troisième dimension disparaîtra, non point. Ce processus permettra d'entrevoir les réalités des dimensions supérieures tout en observant les réalités de la troisième dimension.

Depuis l'alignement de votre système solaire avec le Grand Soleil central Sirius, les radiations solaires ont changé et le magnétisme de la Terre a augmenté, ce qui provoque également, dans vos hémisphères cérébraux, des changements fréquentiels, des prises de conscience de plus en plus rapides pour vous, humains de la Terre. Concevez cependant que des consciences qui, peu à peu, s'expansent, mais sont livrées à elles-mêmes faute d'avoir reçu une éducation spirituelle, peuvent se sentir en état de panique.

Beaucoup d'humains, dans les prochaines années, se sentiront complètement déstabilisés, auront envie de quitter l'espace terrestre, de mourir, car ils n'auront pas été habitués à ces hautes fréquences, d'où l'importance, humains de la Terre, dans cette incarnation terrestre, d'intégrer dans vos vies une éducation spirituelle. Plus vous connaîtrez et étudierez les lois de vie, les lois universelles, plus vous pourrez vivre votre état multidimensionnel. Il y a en effet des dimensions où la vie ne s'exprime pas de la même façon que dans votre ancienne matrice.

Si vous deviez aborder certains mondes avec votre cerveau archaïque, vous ne pourriez le supporter, car tous vos repères s'effondreraient et cela pourrait déstabiliser votre cerveau. Mais sachez également que les hologrammes qui ont été placés autour de la Terre pour éviter une trop grande perturbation de vos cerveaux sont en train d'être progressivement modifiés. Au fur et à mesure de leur transformation, vous allez recevoir des radiations solaires de plus en plus importantes. Ces radiations vont modifier la physiologie de votre glande pinéale. Pour le moment, des parties de votre glande pinéale ne fonctionnent pas, sont éteintes, et vont peu à peu prendre vie. Pour cette raison, des parties du cerveau vont s'activer petit à petit et cette activation amplifiera progressivement le rayonnement de certains brins d'ADN qui sont, pour le moment, éteints.

En Atlantide, la grande erreur a été d'amplifier la pinéale sans s'occuper de l'ouverture et de l'expansion du Cœur christique. Aujourd'hui, la pinéale va à nouveau s'amplifier. Cela aura pour conséquence l'intensification de certains potentiels tels que la télépathie, la télékinésie, la clairaudience ou le clairsenti. Mais si, dans ce même espace-temps, vous n'ouvrez pas la conscience du Cœur christique, vous risquez de reproduire les mêmes erreurs qu'en fin d'Atlantide. C'est pour cela que nous activerons également le portail de rédemption sur un territoire lémurien à l'île de Pâques, afin que cette conscience lémurienne circule en vous et dans l'ensemble de la communauté terrestre. C'est la Conscience du cœur, la Conscience d'amour, qui importe.

Humains de la Terre, soyez bénis. Travailleurs de lumière, soyez remerciés pour vos maints services. Nous laissons maintenant la place au Maître Monka.

Le Maître Monka — *Mars*

Salutations, humains de la Terre, membres du Conseil de la Fraternité dorée. Je suis le Seigneur Monka, régent de Mars.

J'étudie toutes les croyances de cette humanité. Dans leur plan d'asservissement, les forces involutives savaient parfaitement que vous étiez d'Essence divine. Vous êtes Je Suis en action et Je Suis a le pouvoir de créer. Je Suis a toujours œuvré pour le bien commun, pour l'ensemencement de la Conscience christique, pour la cohésion et l'harmonie de tous les mondes de toutes les dimensions.

Alors les forces involutives ont dit : « On peut créer au service de l'amour, de la Source, mais on peut également créer pour servir ses propres intérêts. Comment agir pour que ces enfants de la lumière aient envie d'œuvrer pour leur intérêt personnel au lieu de servir le bien commun ? »

Ils ont créé l'illusion. L'illusion est comme la *maya*, l'inverse du *I AM*. Cet état d'illusion vous a fait croire que vous étiez séparés de la Source première. Pire encore, à force d'altérations, vous avez même oublié votre Essence première, vos véritables origines. Des implants ont été placés dans votre ADN afin d'en parasiter certains brins. Et puis, pour mettre en synergie toutes ces formes d'implants, ils ont créé des leurres qu'ils ont placés à l'intérieur de votre tête, dans ce que vous nommez « la cave de Brahmane ».

Ces leurres sont comme des télécommandes qui mettent en relation, en lien, en réseau, tous les implants structurels contenus à l'intérieur de vos cellules d'ADN. Et implantés, limités dans votre lien avec la Source, vous avez maintenu ce que vous êtes, des dieux, et vous avez continué de créer. Seulement, les réalités que vous avez créées n'ont plus été des manifestations de la Source unitaire, mais des manifestations d'une distorsion.

Dans les temps actuels, nous avons établi plusieurs protocoles de désimplantation afin de vous libérer des vœux et des promesses établis avec les familles involutives. Les portails ont pour objectif de libérer vos extensions asservies. Les extensions sont des parties de vous non terrestres ayant subi dans d'autres temps et d'autres dimensions des formes d'agression et qui ont été enfermées dans une zone fréquentielle généralement de «basse fréquence». Dans le processus d'ascension, vous devez comprendre que toutes les parties de vous-mêmes doivent se rassembler pour vivre l'état d'être ascensionné et évoluer dans un champ de conscience unitaire.

Pour mettre un terme définitif à tous les systèmes d'implants, il faut agir sur la télécommande. Autrement dit, il faut brûler les leurres qui sont contenus dans cette partie de votre cerveau, la «cave de Brahmane». Je vais vous guider pour établir cette libération et cette transmutation des leurres qui parasitent votre être. Comprenez bien que vous ne pouvez pas uniquement brûler des implants, parce qu'il y en a une grande quantité, mais qu'il vous faut agir directement sur le système des leurres afin de réaliser une déconnexion du réseau de ces implants. Comprenez que le travail sur soi, en particulier l'intégration consciente des Flammes violette et bleue de transmutation et de la Flamme émeraude de guérison, en élevant votre fréquence élimine les leurres.

Méditation pour la libération des leurres

Pendant quelques instants, prenez une position assise confortable. La colonne vertébrale doit être bien droite, les jambes décroisées, les mains sur les genoux, paumes vers le ciel. Prenez quelques respirations ventrales, longues et profondes. Inspirez et expirez profondément, et portez votre attention sur votre crâne.

Puis imaginez, visualisez votre crâne comme s'il était un crâne de cristal. Regardez-le depuis son sommet et fixez votre attention à l'intérieur de celui-ci.

Mettez-vous en contact avec la zone appelée « cave de Brahmane » (là où les glandes pinéale, pituitaire et le thalamus sont situés) et visualisez ici des zones sombres, opaques qui représentent les leurres. Appelez maintenant la Flamme de purification bleue et demandez qu'elle brûle, qu'elle annule tous les leurres placés à l'intérieur de la zone de Brahmane.

Visualisez peu à peu la lumière bleue qui grandit depuis le centre de votre crâne de cristal. Visualisez la Flamme bleue qui brûle tous ces systèmes de leurres. Toutes les parties opaques s'éclaircissent, s'effacent.

Visualisez toute la zone de la « cave de Brahmane » remplie de cette lumière bleue.

Remerciez la Flamme bleue agissant en vous et appelez maintenant des particules adamantines dorées, platine et cristal à venir se fixer dans les zones de la « cave de Brahmane » qui en ont besoin.

Remerciez votre Présence Je Suis, remerciez la Flamme bleue et toutes les particules adamantines de Conscience christique or, platine et cristal.

Prenez une grande respiration et revenez à vous-même.

Beaucoup de travailleurs de lumière se demandent pourquoi les Maîtres ont à ce point laissé les choses se faire sur cette planète Terre et pourquoi ils ne sont pas intervenus directement pour freiner les agissements des forces involutives.

Vous le savez, il y a eu ce protocole du libre arbitre qui pouvait entraver nos interventions directes. En même temps, si nous avions agi directement, les changements seraient venus de l'extérieur et on ne peut imposer de changements extérieurs tant que les cœurs ne sont pas prêts, ne rayonnent pas cette Présence christique qui est née dans le Cœur matriciel.

Agir de façon directe, ce serait comme ne pas considérer le fait que vous êtes des divinités incarnées. Ce serait abuser de pouvoir, vous imposer un ordre extérieur. Aussi pur soit cet ordre, il serait altéré, car il ne serait qu'extérieur. Il importe donc que le changement se produise à l'intérieur de vous-mêmes pour rayonner vers l'extérieur.

Bien sûr, nous nous sommes adaptés au cours des siècles et nous avons veillé sur vous. Plusieurs grands Maîtres se sont périodiquement incarnés pour vous soutenir, pour vous rappeler votre véritable Essence. Être en contact physique, être dans leur aura a été une grâce pour vous et a établi un lien cellulaire, un lien mémoriel inébranlable, inaltérable.

Aujourd'hui, vous êtes un amalgame de plusieurs races extraterrestres, vous portez un ADN multiple avec de multiples origines. Certains éléments de votre ADN appartiennent aux civilisations dorées, christiques. Certaines parts de votre ADN sont l'héritage des familles involutives. Conscientisez un instant ce qui va se produire dans le futur : l'ascension d'une partie de l'humanité depuis un ADN hybridifié, un ADN portant un patrimoine de différentes races. Lorsque cet ADN rayonnera, sera entouré d'un halo de lumière dorée, sera christifié, solarisé, grâce aux liens établis entre votre propre ADN et l'ADN des familles involutives, une information nouvelle circulera jusqu'à elles. Vous serez vous-mêmes dépositaires de particules solaires ouvrant le chemin, ouvrant l'espace ascensionnel à ces familles.

Et si une ascension devient possible par une cellule ADN hybridifiée, tous les univers pourront alors prétendre à une évolution. Les sphères des déchus pourront être transmutées, les univers sombres pourront devenir des soleils de vie. Combien de mondes Seth An Bel Ashatan, par son plan mardoukien, a-t-il contaminés? Combien de mondes a-t-il asservis, enfermés?

Et la Terre deviendra alors elle-même une particule adamantine de rédemption et de transmutation, de solarisation des univers, une nouvelle porte dimensionnelle, un nouveau soleil, un diamant de transmutation.

Il y a des éons de cela, vous avez été volontaires pour ce projet Terre, pour ce mandat. Vous saviez qu'en guérissant de blessures galactiques infligées sur Orion, dans les Pléiades, sur Aldébaran, sur Cassiopée, sur Mars, sur Vénus, vous feriez de la Terre une matrice unique, une matrice de rédemption. Si vous conscientisez cela, vous ne pourrez qu'être heureux, heureux d'être incarnés, de participer à cette œuvre, d'avoir traversé toutes ces expériences. Vous serez heureux parce que vous êtes la victoire du Christ manifesté.

Lorsque vous vous découragez, lorsque vous êtes tristes, c'est votre ego qui veut se faire roi, mais ce n'est pas sa fonction de l'être; sa fonction est d'être au service. Seuls ceux qui sont au service sont rois et reines. Mais il n'y a rien à conquérir, il n'y a rien à prendre. Dans cette Conscience christique, vous ne pouvez que donner.

Seulement, dans les croyances de certains travailleurs de lumière, il y a des obstacles au don de soi. Vous croyez qu'à force de donner à des êtres ne voulant que prendre, vous finissez par être dépouillés, par être abusés. Mais il n'en est rien si vous êtes pur amour. On ne peut vous voler vos codes matriciels, on ne peut vous prendre parce que vous êtes des sources inépuisables d'amour. Lorsque vous réaliserez cet état d'être, vous ne voudrez plus vous protéger, vous deviendrez juste des instruments de transmutation.

Certains d'entre vous se disent parfois : « Mais il faut se protéger, car il y a de mauvaises vibrations à certains endroits. » Il est vrai que certains endroits sont pollués, que ce sont des zones de turbulences, de violences, d'ignorance et d'incompréhension. Mais aujourd'hui, il ne vous est pas demandé de vous protéger ; il vous est demandé de rayonner, de transmuter ces lieux, d'aller apporter cette Lumière Christ, d'aller transmettre. Mais tant que vous croirez que l'on risque de vous prendre quelque chose, vous ne pourrez rayonner et transmettre ; vous ne pourrez que vous protéger.

Certains travailleurs de lumière ont beaucoup de mal à accepter ce processus de rédemption. Certains disent : « Comment ? Aller sauver des Reptiliens, eux qui nous ont trahis, qui nous ont menti ! C'est trop dangereux. » Si vous n'êtes pas chacun maître en manifestation, cela peut être éventuellement dangereux, mais si vous êtes un Christ rayonnant, si vous vous reconnaissez vous-même dans votre Présence christique Je Suis, si vous reconnaissez le Reptilien qui se présente à vous comme étant lui-même de la Source en le nommant fils de la Source, vous permettez une réconciliation et vous devenez un éducateur.

Vous ne pouvez pas éduquer un être de la source involutive si vous ne le reconnaissez pas dans sa véritable dimension. Si vous vous dites : « Moi, je suis christique, lui est reptilien, chacun dans son monde et tout le monde sera heureux», vous ne pourrez pas ascensionner, car un être ascensionné, par sa nature profonde, apporte l'unification, la transmutation. Vous ne pouvez pas être un Christ et vous dire : «Chacun pour soi et Dieu pour tous.»

Le temps des conflits et des luttes est achevé. Toutes les grandes familles doivent se réunir. Les familles involutives doivent apprendre à désapprendre et enfin accueillir le Divin. Les familles terrestres christiques, par Essence même, doivent apprendre à reconnaître cette Essence commune, à aller au-delà des blessures, des préjugés et des jugements. Mais les travailleurs de lumière doivent aussi apprendre à être des maîtres, à exercer une autorité sur ces forces involutives non point dans un rapport de force, mais dans un rapport d'amour. Dans un rapport de force, ce serait croire que vous êtes de meilleures personnes parce que vous êtes d'Essence christique, ce serait vous croire au-dessus des êtres reptiliens, de ceux qui sont nés dans une famille involutive.

Établir un rapport d'amour avec l'autre, c'est le considérer comme une extension de soi, c'est respirer avec lui sans croire que c'est soi-même qui le transforme en un être positif. Vous n'êtes que l'instrument. Vous ne devez pas chercher à démontrer qu'un camp est meilleur qu'un autre. Cela fait des siècles et des siècles que les familles involutives tentent de prouver aux exécutants que leur camp est meilleur, que leurs idées sont plus appropriées pour traiter tel ou tel problème.

Devenez ce que vous êtes : des maîtres, des éducateurs, des pacificateurs, des rédempteurs.

Soyez unifiés dans le Cœur christique des humanités ascensionnées qui partagent avec vous leur connaissance de la vie.

Melchizédech, l'Ancien des Jours

Salutations, amis de la Source. Je salue également les membres du Conseil de la Fraternité dorée. Je suis Melchizédech, l'Ancien des Jours.

Depuis quelque temps, nous conversons avec le Maître Shinta Naya Horus Kron à propos du plan d'éducation selon la Conscience Melchizédech et nous sommes plusieurs membres de l'Ordre des Melchizédech à nous pencher sur ce plan d'éducation. Il apparaît clairement, comme vous l'ont signalé les précédents Maîtres qui ont parlé, Hatonn et Monka, que si nous développons certains potentiels – et cela se produit avec la descente des particules adamantines – sans l'ouverture du Cœur christique, eh bien, une fois encore il risque d'y avoir les mêmes conséquences problématiques qu'en fin d'Atlantide.

Dans le patrimoine de l'ADN humain, il y a aussi de l'ADN des Dracos. Les Dracos sont une race reptilienne plutôt toxique et dangereuse, car ils ont une capacité à capter les failles des entités se trouvant en face d'eux. Chez les humains, cette influence des Dracos peut se manifester par des dons de perception ou la capacité d'utiliser les failles de personnes pour servir leurs propres intérêts, leurs propres desseins, et aimer avoir le pouvoir sur d'autres.

De plus, les Dracos ont une particularité : sur la peau énergétique d'un être, ils savent lire sa signature, à savoir l'empreinte de son ADN. Ils savent également reproduire une empreinte. Ils peuvent donc reproduire l'empreinte d'un être évolué et la manifester.

Pour exprimer cela dans un langage humain : les Dracos peuvent apparaître comme des sosies, mais cela ne les rend pas pour autant semblables à ceux auxquels ils ressemblent.

Certains travailleurs de lumière empruntent des chemins qui les éloignent de leur véritable mandat parce qu'ils suivent de faux leaders qui sont des leurres, des clones, des êtres qui ont une empreinte d'ADN des Dracos importante dans leur patrimoine génétique.

Nous ne pouvons agir directement sur ces êtres qui portent en grande quantité cet ADN des Dracos, mais nous pouvons agir sur ceux qui les suivent. Par un plan d'éducation dans le principe « rigueur », nous pouvons augmenter leur pouvoir de discernement.

Soyez vigilants et attentifs. S'il n'y a pas suffisamment de lumière, cela crée du trouble, et s'il y a trop de lumière, cela vous éblouit. Apprenez à développer l'observation, à rester calmes et attentifs. Apprenez à écouter au-delà des mots, à ne poser aucun jugement, mais nommez ce qui est. Affirmez-vous et ne donnez votre pouvoir à personne, pas même aux Maîtres. D'ailleurs, aucun Maître ne vous demandera de lui donner votre pouvoir. Aucun Maître ne décidera pour vous. Il peut être un modèle, il peut vous accompagner dans votre transformation intérieure, mais à aucun moment un Maître ne prendra le pouvoir sur vous, car il n'est pas sauveur, il est rédempteur.

Ceux qui croient avoir une mission consistant à sauver leur prochain doivent se demander ce qu'ils veulent prouver. Veulent-ils prouver qu'ils sont fils ou filles de la Lumière Christ ? Veulent-ils être reconnus comme tels ? Si on veut être reconnu, c'est qu'on ne l'est pas. C'est que l'on croit « qu'être » vient d'un regard extérieur et non intérieur. Soyez vigilants lorsque vous demandez à augmenter vos potentiels.

Plus d'énergie signifie aussi plus d'ego. Si vous ne disciplinez pas votre ego, il se croira maître à bord et vous fera croire à toutes sortes d'illusions. Il voudra que vous vous identifiiez à d'anciennes personnalités d'incarnations passées où vous étiez peut-être princes, princesses, « filles de… » ou « fils de… », dans un contexte terrestre ou galactique. Ne vous identifiez pas à ce que vous avez été. Attachez-vous simplement à l'intention de manifester votre Présence Je Suis.

Ce que je vous dis est fondamental dans votre processus d'ascension, car les leurres ne sont pas qu'extérieurs ; ils peuvent aussi naître à l'intérieur de vous parce que vous ne vous êtes pas occupés des piliers du temple. Considérez vos trois premiers chakras comme les piliers du temple.

Si vous n'êtes pas réellement conscients du pourquoi de votre incarnation, vous vous sentez décalés dans ce monde et, à force de vous sentir décalés, vous n'agissez plus dans ce monde, dans cette humanité. Et vous croyez qu'aider, que participer à l'évolution de la conscience humaine, c'est s'évader dans de l'astral édulcoré.

Nous vous rappelons qu'être un maître agissant, c'est amener les réalités des mondes spirituels dans la matière et permettre des changements structurels dans vos sociétés. Si vous n'avez pas réglé vos conflits avec votre mère et votre père nourriciers, c'est qu'il y a encore un conflit féminin/masculin à l'intérieur de vous, et ce conflit devient une faille exploitable par les forces involutives sur bien des plans.

Choisir un chemin spirituel ne vise pas seulement à aller mieux, à être en harmonie, à être plus détendu. Choisir un chemin spirituel, c'est être droit dans ses bottes, appliquer les lois spirituelles dans son quotidien.

Vous avez, certes, une mission, travailleurs de lumière, celle d'accompagner la Terre dans son processus d'ascension, mais vous devez être concrets, honnêtes et humbles. Vous devez développer cette discipline du cœur, rester en contact avec cette volonté première de servir le bien commun, ne pas vous laisser distraire sur ce chemin d'ascension, et rester centrés dans le Soi, sur la voie du cœur.

À ce jour, sur la planète, on vous propose beaucoup d'outils thérapeutiques, spirituels qui vous accompagnent dans la découverte de vous-mêmes, de qui vous êtes, mais développez toujours une conscience planétaire. Ne suivez pas un enseignement juste pour prendre de l'information, car il ne vous restera rien de ce que vous voulez prendre. En voulant prendre, vous finirez par renier ce que vous convoitiez. Lorsque vous suivez un enseignement, ayez cette intention humble de vous transformer, de grandir dans la lumière, dans l'amour, dans la sagesse. Ayez l'intention de pacifier tout ce qui a besoin de l'être. Acceptez toutes les initiations qui vous seront proposées dans le seul but de vous faire grandir.

Melchizédech et Christos ne sont pas des personnages historiques, mais des consciences inséparables puisque unifiées. Ils forment la conscience mère, racine, primordiale de la Source. La conscience Melchizédech et les enseignements Melchizédech descendent aujourd'hui sur terre.

En ancienne Lémurie, la connaissance Melchizédech était encodée dans des disques de télénium. Cette connaissance peut, aujourd'hui, être rediffusée aux humains de la Terre grâce à ce passage du 21 décembre 2012, aux efforts des travailleurs de lumière incarnés sur terre, aux particules adamantines qui informent votre ADN des mémoires cristal, christique de vos Aînés, vos frères des étoiles.

Soyez unifiés dans le cœur de la matrice du Christ.

Le Maître Christ'al Chaya

Bien-aimés de l'Un, je vous salue. Soyez les bienvenues, chères âmes. Soyez accueillies dans l'espace vibratoire des douze Cristaux Maîtres d'An d'Orion, d'où je suis. Soyez pleinement accueillies dans cet espace sacré et consacré.

Je suis Christ'al Chaya, un Melchizédech galactique au service de la Fraternité dorée et je m'adresse à vous, humains de la Terre, pour vous assister dans ce processus d'ascension, pour vous aider dans ces transmutations et ces purifications de votre Être.

La Fraternité dorée m'a confié un mandat, celui d'enseigner à la communauté humaine les principes Melchizédech. Ces principes sont les garants de l'équilibre des mondes. Comme vous l'avez compris, ces principes ne peuvent être donnés de façon extérieure. Ils doivent naître à l'intérieur même du Cœur christique et votre Présence peut alors rayonner dans sa beauté, dans son authenticité, dans son Essence originelle, sans altération, sans hybridation.

Un autre mandat m'a été confié, celui de retransmettre l'histoire mémorielle d'Orion. Je ne le ferai pas lors d'un Conclave, certes, mais je vais néanmoins vous transmettre quelques éléments afin que vous puissiez comprendre et intégrer les principes fondamentaux de la Conscience Melchizédech. Nous vous avons déjà donné quelques éléments de cette histoire en introduction. Nous souhaitons ici ajouter des informations.

La famille Bel Ashatan a pris progressivement la responsabilité des étoiles Bételgeuse, Bellatrix et Rigel et de la famille Khéopsis des trois étoiles du baudrier d'Orion, soit Alnitak, Alnilam et Mintaka.

La famille Khéopsis avait pour mission d'étudier les lois de vie, de les consigner et de les enseigner. Elle avait aussi pour rôle de créer des lignées de Conscience christique et de maintenir un ADN pur, sans aucune altération.

La famille Bel Ashatan devait ensemencer des lignées de législateurs, car elle avait pour fonction de faire appliquer les lois et de maintenir la cohésion des mondes. Les deux familles participaient à former les prêtres Melchizédech.

Il y a une coutume sur Orion, où les régents formant un couple parèdre fusionnent leurs énergies dans le temple des parèdres afin d'ouvrir le portail de l'Œil d'Orion et d'accéder ainsi au monde des mondes, le monde d'Aïn Soph Or, le monde de la connaissance, de l'unité.

Lorsque le jeune roi de Rigel, Seth An, dut prendre épouse, il fallut attendre la décision du Grand Prêtre Melchizédech et de sa pythie, sa prêtresse, celle qui avait le don d'oracle. La pythie délivra ce message : « La parèdre de Seth An est l'une de ses sœurs, Isis Actaé, mais leur union engendrera le chaos, la confusion, le trouble et les guerres. »

Face à cette prophétie, le Grand Prêtre Melchizédech réfléchit et prit une décision : « Puisque l'union de Seth An et d'Isis Actaé est trop dangereuse pour l'équilibre des mondes, je vais sacrifier des couples parèdres et changer les donnes. »

Le Grand Prêtre décida alors d'unir Seth An avec Ishpayata. Ainsi, ce couple ne pourrait jamais accéder au portail de l'Œil d'Orion et découvrir les connaissances dont ils pourraient se servir à mauvais escient.

Voyez ici que le Grand Prêtre Melchizédech a agi seul, ce qui constitue une grave erreur, car vous ne devez jamais prendre de décisions seuls. Les décisions doivent toujours être envisagées par plusieurs membres d'un Conseil de Maîtres de sagesse. C'est pour cela même qu'existent les Conclaves. Les Maîtres ont pour habitude de se concerter pour trouver des solutions harmonieuses à différentes problématiques, que ces dernières concernent votre univers terrestre ou d'autres univers.

Comprenez également, chères âmes, que les lois divines sont «une» et «une seule». Elles sont des déclinaisons multiples du Un, mais elles servent toutes à l'unanimité les principes de vie.

Les forces involutives vous ont dit que voter des lois à l'unanimité était une aberration, un non-respect de la démocratie et que si des lois devaient être discutées dans un cénacle, dans un cercle, eh bien, seule la majorité devait être considérée. Et c'est ce qui se passe actuellement pour vos gouvernements. C'est ainsi qu'ils fonctionnent. Vous allez voter et la personne élue est celle qui a obtenu la majorité. La majorité a-t-elle forcément raison parce qu'elle est plus importante en nombre?

Dans les univers où nous évoluons, il n'y a pas de structure gouvernementale politique. On ne parle pas de démocratie et l'on vote les lois à l'unanimité.

Lorsque Seth An cherchait des membres pour son plan d'asservissement, il s'adressa un jour à moi précisément sur ce sujet. Il me dit clairement : «Christ'al Chaya, qu'en penses-tu? Chaque fois que l'on veut apporter des changements dans un système solaire, on est obligés d'en référer au Haut Conseil de Sirius, qui délibère, et cela prend beaucoup de temps parce que les décisions doivent être votées à l'unanimité alors que ce serait beaucoup plus simple de faire adopter les lois en fonction de la majorité.»

Et je lui répondis sans détour : « Mais Seth An, si les lois doivent être établies à l'unanimité, c'est tout simplement que si l'unanimité "est", ces lois respectent le vivant dans toutes les dimensions, tandis que la majorité entraîne une forme de séparation, deux camps, dont l'un devrait prendre le pouvoir sur l'autre parce qu'il est avantagé par son nombre ou par sa force. » À ce moment-là, Seth An comprit très bien que je ne pactiserais jamais, que je ne deviendrais jamais l'un de ses sbires.

Humains de la Terre, vous voulez changer vos structures gouvernementales, vos structures éducatives, vos structures sociales, mais cela ne peut se faire par un nouveau parti politique, aussi ouvert soit-il, aussi respectueux de l'écologie puisse-t-il être. Vous ne pouvez créer une structure extérieure tant que la structure n'est pas établie à l'intérieur de vous-mêmes. Vous ne pourrez qu'extérioriser des éléments instables, fluctuants.

Ce que je vous propose, c'est d'établir un modèle de sociétés nouvelles. Avant de donner forme à ces sociétés nouvelles, de créer même l'embryon de ces sociétés nouvelles, de créer un îlot de lumière, il importe que vous deveniez vous-mêmes des pierres de cet édifice sacré, des éléments vivants, conscients et engagés dans ce processus d'ascension et d'émergence d'une Conscience christique.

Certes, vous avez des projets plein la tête, plein le cœur, vous êtes de bonne volonté, mais vous ne pouvez réaliser ces sociétés de Conscience christique sans un plan d'éducation, sans avoir clarifié votre Être, sans la guidance et l'assistance d'un Melchiszédech ascensionné. Vous pouvez créer des ébauches, faire des essais, mais vous devrez attendre l'horizon 2020/2021 pour commencer à voir ces embryons d'îlots de lumière se manifester sur l'ensemble de la planète.

Pour cela, il est important que le rayonnement du Corps christique de l'humanité s'intensifie, et vous êtes tous et toutes engagés dans ce mandat de rayonnement. Ne reproduisez pas les mêmes erreurs, n'extériorisez pas vos désirs liés eux-mêmes à des réactions au plan d'asservissement, mais construisez un monde futur dans une conscience unifiée, clarifiée.

Les humanités et sociétés futures ne seront pas les résultantes de diverses réactions face à l'asservissement, à l'esclavage, mais des sociétés construites dans le cœur unifié de ceux qui se sont engagés à servir, à mettre leurs potentiels et leur personnalité au service du bien commun, au-delà même de leurs intérêts personnels.

Voyez-vous, Seth An Bel Ashatan aurait pu devenir un grand instructeur, mais il n'a pas compris qu'on n'utilise pas les éléments de la Source pour créer sa propre source, car vouloir créer son propre univers et devenir le seul maître, c'est nier le lien avec cette Conscience de vie qu'est la Source.

Malgré la décision contraire du Grand Prêtre Melchizédech, Seth An Bel Ashatan a finalement réussi à fusionner avec sa parèdre Isis Actaé et à accéder au portail de l'Œil d'Orion, mais par ses intentions, il en vint à perdre peu à peu de la vitalité cellulaire. Il a alors mené des guerres pour la retrouver. Il est même allé dans le Temple d'Antarion sur Orion pour s'emparer des codes matriciels dans les structures des Déesses Mères et il a créé des formes de matrices pour progressivement créer des exécutants, des familles reptiliennes qui allaient le considérer comme un dieu. Il est aussi allé sur Aldébaran pour y voler des élixirs de longévité et d'immortalité, mais l'on ne peut prendre ce qui se reçoit.

Dans ce qu'il avait créé, il y avait des matrices artificielles ne pouvant se reproduire que par un système de clonage.

Il chercha divers moyens pour créer directement la vie et comprit très vite qu'il avait besoin d'une forme de métissage d'ADN entre un ADN pur, christique et un ADN artificiel, issu de manipulations génétiques. Par divers moyens, subterfuges et mensonges, il réussit à créer un ADN hybride. Certaines races qu'il a asservies ont connu la même problématique, à savoir une dégénérescence d'ADN, qui les a incitées à aller se métisser avec d'autres races pour pérenniser la leur. Je veux notamment parler des *petits gris* qui se sont métissés avec l'ADN humain pour créer des formes hybrides qui évoluent aujourd'hui dans des mondes obscurs et qui sont en souffrance.

En tant que futurs instructeurs Melchizédech, vous devrez informer ces êtres de la possibilité d'une évolution, d'une « christification ». Vous ne serez pas forcément obligés d'aller vivre parmi ces hybrides. Depuis la planète Terre où vous évoluez, vous pourrez les instruire. Votre propre ascension et votre propre rédemption transmettront une information énergétique dans les structures ADN des cellules de ces hybrides, car ils sont en résonance avec vous et porteurs d'une partie du patrimoine génétique humain.

L'ouverture des portails de rédemption facilitera la circulation des particules adamantines provenant du Grand Soleil central qui vont se fondre dans votre ADN puis, à partir de vos propres structures énergétiques et corporelles, circuler vers ces familles hybrides qui recevront la solarisation.

Vous n'êtes donc pas que réceptacles de ces particules adamantines qui descendent et modifient le plan de construction de votre ADN ; vous êtes également ensemenceurs, transmetteurs d'un ADN nouveau qui se construit depuis une alchimie qui s'opère dans vos propres structures. Conscientisez cela, car cela est.

Si vous comprenez cela, vous ne pourrez plus jamais vous sentir séparés des races involutives, même si, dans d'autres temps et d'autres espaces temporels, elles vous ont piétinés, elles vous ont trahis, elles vous ont fait la guerre. Lorsque vous conscientisez ce que je vous dis, vous informez vos cellules d'ADN de cette conscientisation et vous permettez ainsi à la part christique en vous de s'amplifier et de rayonner. Et devant ce rayonnement, la part involutive ne peut alors que se soumettre, car elle se sent reconnue, de la même famille.

Dans d'autres temps, lorsque vous étiez en contact avec ces familles involutives qui vous ont fait la guerre, leurs particules de conquérants ont altéré votre Essence, mais aujourd'hui vos propres structures ADN, vos propres codes matriciels originels retrouvant leur force de rayonnement influencent l'ADN des mutants.

Toutes ces modifications dans le plan de construction d'ADN ont des répercussions sur votre conscience. Tous les anciens systèmes liés à la survie s'effondrent. Vous ne pourrez plus contrôler, vous n'aurez plus d'autre choix que d'accéder à la maîtrise. Contrôler, c'est exiger un résultat, c'est être dans l'attente d'un résultat. La maîtrise naît dans le Cœur christique. Celui qui est maître de lui-même n'a nul besoin de maîtriser les autres ; il ne cherche pas à les contrôler, il ne cherche même pas à leur apprendre quoi que ce soit. Il est, tout simplement.

Il y a deux mille ans de cela, Jésus-Christ Sananda était dans cette manifestation de la Présence Je Suis et les gens qui l'approchaient étaient touchés par sa vibration. Ils avaient envie de rester près de lui, ils se sentaient nourris par sa force d'amour, ils ne le considéraient pas comme quelqu'un de bizarre. Près de lui, ils se sentaient unifiés. Et en tant que

Maître Melchizédech, il avait autorité, il pouvait agir sur le karma et effacer les charges karmiques d'une personne.

Un Melchizédech a une vision éclairée. Il sait lire au-delà des apparences. Il sait regarder toutes les dimensions en même temps parce qu'il ne juge pas, parce qu'il ne veut rien imposer, et ce, simplement parce qu'il est dans le rayonnement de sa Présence. Ceux qui sont touchés par le rayonnement de leur Présence divine transforment leur vie parce qu'ils entendent, à l'intérieur d'eux-mêmes, cette voix sacrée de la Présence Je Suis.

Un instructeur Melchizédech fait taire en vous toutes les parties ayant peur et voulant le pouvoir, pour laisser place à la pure conscience d'amour, de rectitude afin qu'elle s'exprime et qu'elle vous guide dans la justesse du cœur, dans l'alignement du cœur, du corps et de l'esprit.

Il y a deux mille ans de cela, je pris corps et m'incarnai en tant que Jean le Baptiste. J'étais un précurseur du Christ. Bien avant, j'avais été Élie, Jésus, et Élisée. Et Élisée prit le manteau d'Élie précisément pendant l'acte du baptême. Lorsque Jésus arriva sur les rives du Jourdain, je lui dis : « C'est toi qui viens vers moi, mais c'est moi qui devrais venir vers toi. » Et il me répondit : « Laisse faire ainsi, cela est juste et bon. » Et pendant le rituel du baptême, le manteau d'Élie lui a été transmis. Il devenait le réceptacle du Christ incarné.

À ce moment-là, je savais que mon temps était fini. Je fus arrêté par Hérode et, à la demande de Salomé, je fus décapité. Pensant que l'on s'occupait de ma condamnation, Jésus était libre d'enseigner, libre de transmettre.

Et puis, le plan devait s'accomplir. À cette époque, et encore aujourd'hui, les humains avaient du mal à croire en la loi de manifestation. Il y a deux mille ans de cela, beaucoup d'humains furent témoins de nombreux miracles, et pourtant certains se demandaient encore si Jésus était bien le Messie annoncé. Ce qu'ils voulaient, c'était un Messie extérieur qui allait les délivrer des Romains. Ils n'ont pas compris qu'il était au-delà de cela, que Jésus devenu Christ était un rédempteur, le Grand Rédempteur qui n'était pas là pour libérer le peuple de l'emprise des Romains, mais pour apporter une libération totale, pour éveiller en chacun le Christ.

Il était important qu'il montre alors l'immortalité et la puissance d'amour d'un Christ. Et à Jérusalem, il se mit face à face avec les pharisiens et les insulta copieusement. Il utilisa avec maîtrise la colère. Il savait parfaitement que cet acte signait sa condamnation. Mais il devait aller vivre cette étape de la crucifixion.

Beaucoup de proches de Jésus pleuraient. Ils ne comprenaient pas comment un Être aussi pur pouvait être cloué sur une croix. Ils ne comprenaient pas comment on pouvait laisser faire pareille chose. Ils se sentaient impuissants, comme ils avaient pu se sentir impuissants dans d'autres temps, bien avant la Terre, lors des conflits galactiques, par exemple.

Les paroles de Jésus furent précises sur la croix. Il dit : « Père, pardonne-leur, car ils ne savent pas ce qu'ils font. » À aucun moment, il ne leur dit : « Je leur pardonne », car au moment de cette initiation ultime du passage de la mort, il devient un Christ rayonnant. Ce n'est pas la personnalité de Jésus qui s'exprime, c'est l'Être christique qui s'adresse au Principe unitaire Père/Mère. Il a pleinement conscience de l'inconscience de ses bourreaux et il sait parfaitement la charge karmique qu'ils sont en train de porter là et qu'ils ont peut-être portée à votre place. À aucun moment, il n'alourdit leur charge karmique et, dans sa parole impeccable de

Melchizédech, il s'adresse au Principe Père/Mère. Il démontre que seul un état christique peut accorder le pardon et la rédemption.

Par ce Verbe manifesté, il ouvre des espaces futurs à ses bourreaux. Il leur offre la possibilité, dans une vie future, d'ouvrir leur cœur à la Conscience christique. À ce moment-là, il n'est pas en réaction contre les forces involutives qui l'ont condamné à mourir. Il ne se sent pas non plus impuissant, il n'ouvre aucun sentiment de colère, il est juste la perfection manifestée de son Essence. Il n'a pas vécu la crucifixion comme une épreuve. Il a plutôt offert la crucifixion comme une initiation, comme un modèle de rédemption pour l'humanité dans son ensemble.

Il est un Christ révélé et il vous invite à suivre son exemple.

Cessez de maudire vos ennemis, cessez de vous plaindre de votre sort, de ce que vous qualifiez d'épreuves. Vos épreuves demeurent vaines si vous ne les affrontez pas dans la rectitude du cœur. Vous seuls devez augmenter votre niveau de conscience et faire de ces épreuves une voie initiatique. N'attendez pas qu'un Christ extérieur vienne vous sauver, mais employez tout votre temps, toute votre énergie, à devenir un Christ en action. Acceptez d'être incarnés non point pour subir votre existence, mais pour l'honorer, pour en faire un message d'amour, de compassion, de vérité.

Si vous ne pouvez agir directement dans ce monde par des actes, agissez au moins par vos pensées, qu'elles soient nobles, qu'elles soient gratitude. Soyez cohérents. Combien de travailleurs de lumière se réunissent, prient, envoient de la lumière, une Flamme violette à la Terre, mais, dès qu'ils sortent du cercle de leurs réunions, se lamentent sur leur existence terrestre ?

Vous ne pouvez, d'un côté, demander la guérison, la lumière et, de l'autre, garder de mauvaises habitudes concernant vos pensées, vos comportements et vos intentions.

La nouvelle matrice vous demandera de plus en plus de cohérence dans vos existences. Réciter vos décrets d'ascension, prier, envoyer de la lumière ne doivent pas être des actions extérieures. Vous devez être la manifestation vivante et vibrante de ces formes d'expression.

Les anciennes religions ont extériorisé des rituels et en ont perdu le sens. Vous n'allez pas continuer comme cela dans la nouvelle matrice de la Terre. Dans ce grand rassemblement qui vous est demandé, on ne vous demande pas qu'il soit ponctuel ; on vous demande d'abord de vous rassembler avec vous-mêmes, de rassembler toutes les parties de vous-mêmes.

Ne vivez pas les enseignements des Maîtres de façon extériorisée et superficielle ; vivez-les depuis l'intérieur du cœur matriciel de la cellule souche.

- Melchizédech est Principe de vérité.
- Melchizédech est amour.
- Melchizédech est rigueur.
- Melchizédech est cohérence.
- Melchizédech est équilibre.
- Melchizédech est Présence dans le silence.
- Melchizédech est observation.
- Melchizédech est autorité de la Présence divine Je Suis.
- Melchizédech est application des lois de vie.
- Melchizédech est responsabilité.

Vous êtes responsables de la qualité de vos pensées. Elles détermineront l'absorption harmonieuse des particules adamantines. Si le canal que vous êtes chacun ne se purifie pas, vous ne pourrez absorber qu'une infime partie du programme contenu dans ces particules adamantines.

Vous devez vous impliquer, vous engager dans ce processus d'ascension, car l'ascension ne peut être accomplie uniquement par la venue d'éléments extérieurs. Certes, ces éléments contenus à l'intérieur des particules adamantines agissent également sur la transformation de votre conscience, sur l'expansion de votre conscience, sur le grandissement de votre Présence Je Suis, mais ils ne sont pas des remèdes miracle.

Si vous semez des graines sur une terre non fertile, elles ne deviendront jamais de magnifiques arbres fruitiers. N'attendez pas les miracles du ciel, mais devenez instruments conscients de ces miracles.

Dans la nouvelle matrice de la Terre, il n'y a plus cette illusion du confort qui peut vous habiter parce que vous exercez tel métier, vous gagnez tel salaire, vous possédez telle propriété, vos enfants sont beaux, gentils et ont un bon métier : toutes ces illusions disparaissent. Même si les forces involutives vous disent que le climat est incertain, qu'il y a une crise économique, elles sont aussi obligées de se soumettre aux vibrations de la nouvelle matrice de la Terre.

Dans cette nouvelle matrice, si vous résistez et que vous croyez qu'il y a une vraie crise et que vous ne vous en sortirez pas, vous vivrez cette crise et, effectivement, vous ne vous en sortirez pas ! Mais si, au contraire, vous êtes témoins de tous ces éléments extérieurs et vous réalisez que le seul pouvoir de votre Présence Je suis est de créer, à ce moment-là vous devenez cocréateurs.

Dans la nouvelle matrice de la Terre, vous pouvez cocréer l'abondance, l'harmonie si vous êtes dans cette intention de service désintéressé.

Soyez guidés, travailleurs de lumière, guidés par cette Conscience d'amour. Soyez ce que vous êtes réellement.

Le Maître Amma Cristalia

Bien-aimés de la Source, je vous salue. Je suis le Maître Amma Cristalia. Je viens devant cette noble assemblée, ce Conseil de la Fraternité dorée, pour exposer nos dernières observations sur l'absorption de ces particules adamantines.

Des problèmes d'absorption subsistent encore sur les structures émotionnelles et mentales ; ils sont liés aux troubles dans les codes matriciels du féminin sacré de la planète. Ces codes matriciels, contenus à l'intérieur même de la Terre, sont fissurés par endroits, ce qui entraîne une dispersion d'énergie sur certains chakras majeurs de la Terre dans le passage de la kundalini terrestre.

Actuellement, nous tentons de colmater ces fissures structurelles des codes matriciels de la Terre par des femmes humaines incarnées qui servent de relais dans la guérison des corps vibratoires de la Terre.

À l'heure actuelle, les femmes jouent un rôle important dans cette guérison des structures matricielles de la Terre. Elles peuvent ressentir, dans leur corps physique, des douleurs inhabituelles et soudaines, des douleurs pouvant les figer, pouvant leur faire perdre l'équilibre physique, pouvant également, pendant un temps, leur faire vivre un état de malaise profond, voire des douleurs importantes. Et elles ne comprennent pas ce qui leur arrive. Apparemment, dans leur physiologie, elles n'ont pas de signes de maladie. C'est tout simplement qu'elles servent de relais dans les transmutations des codes matriciels de la Terre.

Aujourd'hui, la Terre ne peut plus transmuter ce que l'humain n'a pas réussi à transmuter. Dans d'autres temps, lorsqu'il y avait des éléments de violence, de conflit à certains endroits et que l'humain n'arrivait pas à régler ces conflits, c'est la Terre qui s'en occupait. La purification s'effectuait par une extériorisation d'un des quatre éléments :

- l'eau, par des pluies et des inondations,
- le feu, par de grandes sècheresses,
- l'air, par des vents d'une grande puissance,
- la terre, par des tremblements de la Terre.

Aujourd'hui, l'éther, la kundalini de la Terre, qui est en train de circuler, de se mouvoir à l'intérieur même de la planète, met en mouvement tous les éléments en même temps.

Toutefois, si tous les éléments étaient mis en mouvement avec une amplitude similaire, il pourrait y avoir des désastres trop importants à certains endroits. Alors, nous avons fait en sorte que la Terre n'ait plus cette fonction comme par le passé. Elle l'a toujours conservée en partie, mais une part de cette fonction est maintenant attribuée aux femmes guérisseuses de la Terre.

Certaines d'entre vous diront peut-être : « On ne nous a rien demandé et on nous impose cela. » Mais je vous rappelle que vous avez demandé à servir et que vous avez aussi demandé que le passage de l'ancienne matrice vers la nouvelle se fasse dans le plus d'harmonie possible. Vous avez demandé que les purifications de la Terre se fassent par secteurs et vous avez demandé à être initiatrices, à être les maîtres de la nouvelle communauté humaine. Ainsi, vous portez par moments des éléments lourds que la Terre ne porte plus et les transmutations se font à travers vos propres corps énergétiques.

Il est donc fondamental et primordial, pour les femmes de la Terre d'abord, mais aussi pour les hommes, de recevoir régulièrement des soins d'énergie appropriés à ces transmutations. En collaboration avec le Maître Christ'al Chaya, le Maître Emartus et le Maître Jokhym, nous allons créer des protocoles de soins spécifiques, propres à l'absorption de ces charges vibratoires dans les matrices féminines, et d'autres protocoles de soins pour que vous soyez en mesure de mieux absorber toutes ces particules adamantines qui transforment et transmutent la morphologie, les glyphes inscrits dans vos cellules d'ADN. Ces changements rapides demandent une adaptation du corps physique.

Or, vous savez que le corps physique, qui est beaucoup plus lourd et plus dense, a plus de difficultés que les autres corps à s'adapter aux changements vibratoires. Il est donc plus qu'urgent de vous occuper de votre corps physique. Les massages, les mouvements du corps, la respiration sont des éléments fondamentaux pour l'équilibre du corps physique, qui a besoin de libérer tous les débris cellulaires non seulement parce que ces particules adamantines attirent des cristallisations du corps causal vers le corps physique, mais aussi parce qu'actuellement vous servez de catalyseurs et de transformateurs pour des éléments lourds de la planète Terre, des cristallisations accumulées et générées par l'ensemble de l'humanité.

L'ancienne grille matricielle de la Terre a été dissoute, mais cette dissolution a laissé des traces, des éléments, des résidus. Ces résidus descendent avec les particules adamantines et transitent par vos structures énergétiques, qui ont donc besoin d'être nettoyées, purifiées, dissoutes

Lorsque ces cristallisations arrivent dans vos structures énergétiques personnelles, si vous ne faites pas un travail en conscience et ne dites pas clairement que vous donnez priorité à la Présence Je Suis, ces cristallisations qui ne vous appartiennent pas forcément, mais entrent en résonance avec vos propres éléments karmiques, peuvent déstabiliser vos structures mentale et émotionnelle, vous rendre plus agressifs, plus instables, notamment si vous êtes des femmes.

Certaines d'entre vous ont peut-être observé ces derniers temps qu'elles éprouvaient à l'intérieur de leur corps une sorte de nervosité non reliée à leurs lunes. Cette nervosité, qui peut aller jusqu'à de l'agacement, est due tout simplement au fait que l'arrivée des particules est accompagnée de fréquences liées à des formes résiduelles d'égrégores de l'ancienne matrice.

Pourquoi les femmes ressentent-elles cela plus fortement que les hommes? Tout simplement parce qu'elles sont cycliques, qu'elles ont intrinsèquement et naturellement un cycle qui leur permet de purifier plus rapidement les émotions. Si, par nature, elles purifient rapidement les émotions, elles peuvent aussi recevoir davantage de charges émotionnelles négatives.

Toutes ces femmes de la Terre ont besoin d'être accompagnées, car elles vivent des accouchements, des recyclages pour l'ensemble de l'humanité. Elles ont donc besoin d'être accompagnées par la présence d'un masculin bienveillant capable de les accueillir dans leur instabilité et leur irritabilité passagères.

Ce qui se produit à l'heure actuelle et qui occasionne parfois de fortes tensions dans un couple, dans une famille, ce qui peut provoquer des séparations, même chez des couples compatibles, c'est le fait qu'il y ait avec les particules adamantines qui descendent des cristallisations propres à la personne, mais aussi des cristallisations liées à l'ensemble de l'humanité. Celles-ci transitent par le corps et entrent en contact avec les pensées du moment, les croyances limitatives, les blessures non guéries, et tout cela peut provoquer un accrochage sur un sujet apparemment banal qui devient source de conflits. Ne croyez pas que vos conflits viennent uniquement de vos propres blessures ou de vos manques de justesse dans la parole. Non, ce n'est pas que cela ; il s'agit d'un ensemble d'éléments associés à des éléments extérieurs.

Les soins énergétiques d'harmonisation servent à vous libérer de structures appartenant aussi à l'ensemble de la collectivité et qui stagnent dans vos corps. Ils vous aident également à libérer toutes les blessures que vous portez en vous depuis plusieurs incarnations. Seulement voilà, les sociétés actuelles vous imposent des charges importantes, et plus vous avez de charges, plus vous devez travailler ; dès lors, vous occuper de vous-mêmes devient presque un luxe. En revanche, si demain vous devez laisser votre voiture au garage pour faire une vidange d'huile, vous n'hésitez pas, car vous avez besoin de votre véhicule pour aller travailler. Et que faites-vous pour votre corps ? Lui aussi a besoin d'être vidangé, sinon il a un trop-plein, et dans ce cas les sixième et septième chakras se mettent à vibrer de façon très instable et tous les métaux lourds que vous avez emmagasinés dans le cerveau se mettent directement en résonance avec les ondes de basse fréquence et vous annulez tout le beau, tout le merveilleux que vous tentez de créer. Tous les efforts sont effacés, restent vains, parce que vous n'avez pas su prendre soin de vous-mêmes.

Certains disent qu'ils n'ont pas trouvé le temps, car le temps se raccourcit et ils ont tellement à faire ! Aménagez-vous donc des temps pour vous-mêmes. Offrez-vous des temps de détente, des temps de marche, des temps de soin, des temps pour aller nager. C'est nécessaire. C'est aussi vital que de vous doucher.

Tous ces changements vibratoires soudains et presque extrêmes à vivre vous font passer d'un état vibratoire haut vers un état vibratoire plus bas et à nouveau plus haut et à nouveau plus bas, ce qui fatigue le système nerveux. Et trop de fatigue vous rend vulnérables, perméables et manipulables.

Dans la conscience de la nouvelle matrice de la Terre, vous devez donner une priorité absolue à vos besoins d'être. Plus vous vous respecterez, plus vous serez disponibles pour servir le bien commun. Beaucoup de travailleurs de lumière sont thérapeutes, énergéticiens et beaucoup d'êtres de lumière ne visitent jamais de thérapeutes. Il est évident que les forces involutives vous ont entraînés à « faire » et à oublier de vous occuper de votre être. Vous devez donc remédier à cela, c'est nécessaire. Et je n'aurai de cesse d'insister.

Ceux qui aujourd'hui se consacrent à la thérapie ne seront plus thérapeutes, car l'humanité n'a plus besoin de thérapeutes ; elle a besoin de maîtres. Les anciens liens qui existaient entre un thérapeute et un patient ne sont plus. Que faisait le patient ? Il allait voir un thérapeute et, dans la plupart des cas, il lui donnait son pouvoir et le thérapeute décidait pour lui. Aujourd'hui, la guérison doit être effective sur tous les plans et un thérapeute se doit de travailler sur sa propre maîtrise pour accompagner son patient non pas dans le but de le guérir, mais pour l'amener à grandir. Et le lien existant aujourd'hui entre un thérapeute de la nouvelle matrice de la Terre et son patient est un lien amoureux. C'est le même échange que dans un couple tantrique où, lorsque l'un expire, l'autre inspire. Dans ce partage de la respiration, ils deviennent « un ».

Un thérapeute doit donc respirer avec son patient, avoir avec lui une respiration harmonieuse. Il ne doit ni se placer au-dessus, car il n'est point donneur de leçons, ni se placer en dessous en se fourvoyant pour garder sa clientèle. Il doit simplement être à l'écoute et respirer avec son patient.

Dans ce plan d'éducation dans la Conscience Melchizédech, nous, les Maîtres ascensionnés, formerons des thérapeutes d'un monde nouveau. Nous ne voulons pas de techniciens, aussi performants soient-ils ; nous voulons des êtres engagés dans ce principe d'amour. Et si vous avez la grâce d'exercer une fonction de thérapeute, comprenez que vous contribuez aussi à l'ascension de ces âmes venant à vous pour recevoir cette conscience d'amour.

Soyez guidés, soyez remerciés, soyez ce que vous êtes.

LE 10 NOVEMBRE 2013

Je suis dans le triangle du cœur matriciel du portail de Kom Ombo et c'est dans l'énergie de ce triangle du Cœur sacré, du Sacré-Cœur, que je suis amenée dans la salle du Conclave. Il y a une ambiance très particulière, très solennelle. Sont présents plusieurs Maîtres de la Fraternité dorée, le Maître Shinta Naya Horus Kron, le Maître Christ'al Chaya, le Maître Sananda. Le Maître Saint-Germain et le Maître Adama sont également présents. Et puis, il y a plusieurs Maîtres de l'Ashtar Command, et des Maîtres féminins entrent maintenant dans la salle du Conclave : Lady Nada, Lady Athéna, Lady Amma Cristalia, Lady Gallia Hawk, Lady Almeta. Elles prennent place. Le cercle est agrandi.

On demande maintenant à certains Maîtres féminins de prendre la parole et c'est tout d'abord Maître Amma Cristalia qui va s'exprimer.

Rosanna

Le Maître Amma Cristalia

Salutations enfants de la Source, humains de la Terre. Je salue également les membres du Conseil de la Fraternité dorée et son président, le Maître Shinta Naya Horus Kron.

Je suis Amma Cristalia, un Maître Cristal membre de l'équipe responsable de l'encodage des particules adamantines qui descendent sur la Terre. Lorsque le Maître Shinta Naya Horus Kron a élaboré le portail de rédemption à Kom Ombo, sur une matrice yang de la Terre, il a imaginé un pentagramme où chaque extrémité était représentée par un couple parèdre.

Voilà quelque temps déjà que ce terme de parèdre vous est familier. Il signifie littéralement être assis côte à côte sur ce trône, dans le Cœur christique, dans sa Présence Je suis. C'est la Présence Je Suis de chacun des deux partenaires du couple qui a donné autorité pour qu'ils accomplissent ensemble un mandat spirituel, un mandat de service pour l'évolution des consciences.

Lorsque nous avons discuté du sort de Seth An, le Maître Shinta Naya Horus Kron nous a bien expliqué qu'il était impossible de recycler Seth An dans la Source première, car la Source est vie et il pourrait un jour trouver le moyen de se reconstituer. Et puis, le dissoudre ne créerait que des dissensions chez les conquérants reptiliens qui voudraient immédiatement prendre une place de chef. Et tout cela risquerait aussi de freiner les exécutants qui sont en voie de rédemption et qui demandent à passer les portails.

J'ai demandé au Maître Shinta Naya Horus Kron de continuer à travailler sur l'aspect du féminin sacré de la Terre et de placer à l'intérieur du pentagramme de Kom Ombo un triangle représentant le cœur matriciel de la Cellule souche. Cette cellule est trinitaire, un principe féminin inscrit dans une trinité : la Déesse du ciel et la Déesse de la Terre unies par la Déesse de l'initiation, Isis, la Shekinah, la Shakti, l'initiatrice, celle qui maîtrise l'énergie de vie.

Dans d'autres temps, sur Orion, Actaé, une femme de la famille Bel Ashatan, avait été choisie pour personnifier Isis. Elle avait la connaissance intrinsèque de la vie, la connaissance de l'Énergie primordiale que vous contactez sur terre sous la forme de l'énergie sexuelle, qui est l'énergie créatrice, une énergie de puissance.

Elle devint donc Isis Actaé. En tant que Grande Mère primordiale, elle recevait directement des vibrations féminines de la Source qu'elle retransmettait lors de certains rituels sacrés dans les temples consacrés à la Mère primordiale, à la matrice première de la Source. Elle était entourée de prêtresses qui lui étaient dévouées et qui ne pouvaient prendre époux. Elles devaient rester dévouées à la Déesse Mère et se consacrer à l'entourer afin de renforcer sa puissance de création.

Lorsque le Grand Prêtre Melchizédech et sa pythie ont décidé d'unir Seth An et Ishpayata, ils ont en même temps uni Isis Actaé à Shamir. Isis Actaé savait dans son for intérieur que Shamir n'était pas son parèdre, car toutes ses cellules étaient appelées par la puissance et le rayonnement de Seth An. Seth An avait également beaucoup d'amour pour elle.

Privés d'un mariage céleste, ils n'en demeuraient pas moins unis depuis leurs origines, depuis la cellule souche qu'ils formaient à l'intérieur même de la Source, et finalement Seth An et Isis Actaé se retrouvèrent secrètement et fusionnèrent leurs kundalinis.

Lorsque les kundalinis de deux êtres parèdres fusionnent, apparaissent de nouveaux glyphes, de nouveaux schémas, de nouveaux plans de construction à l'intérieur même de la cellule d'ADN. Ces codes sont des outils d'ensemencement de races nouvelles et Seth An avait ce potentiel rare à cette époque de voir les glyphes, les codes matriciels de la cellule.

Lorsqu'il a fusionné sa kundalini avec celle d'Isis Actaé, il a vu les codes et il les a enregistrés et inscrits à l'intérieur même de sa cellule d'ADN par la projection de sa visualisation, avec l'intention de porter en lui le rayonnement complémentaire de sa parèdre. Et toujours en grand secret, il est allé seul devant le portail de l'Œil d'Orion et y a projeté ses glyphes. Le portail s'est alors ouvert et il a pu pénétrer au-delà du système d'Orion, dans le monde d'Aïn Soph Or, dans le cœur matriciel de la Source. Il a puisé là beaucoup de connaissances, beaucoup d'archives. Et chaque fois qu'il revenait de la Source, il constatait que des éléments en lui étaient modifiés, que certains potentiels avaient augmenté. Il voyait ce que les autres ne voyaient pas et il pouvait anticiper les évènements. Il pouvait même agir sur les pensées des autres.

Il raconta tout cela à Isis Actaé avec un large sourire, prenant cela pour un jeu. En même temps, il commençait à goûter au pouvoir qu'il avait sur les autres. À Isis Actaé, il parlait aussi de ses contrariétés concernant le Conseil de Sirius, à qui il fallait toujours rendre des comptes avant de prendre des décisions. Et Isis Actaé l'écoutait avec attention, comme une femme aimante peut écouter son époux. Et elle lui dit :

« Te rends-tu compte, Seth An, que tu es puissant, que tu pourrais devenir l'être le plus puissant de ce secteur de la galaxie et même au-delà ? Nous pourrions, à nous deux, ensemencer des races futures qui nous reconnaîtraient comme leurs seuls maîtres. Pourquoi ne créerais-tu pas ta propre source? Pourquoi ne créerais-tu pas tes propres équipes? Puisque tu vois les pensées, même les plus secrètes, même celles qui n'ont pas encore été pensées, pourquoi ne regarderais-tu pas dans les différentes constellations pour voir si d'autres, qui seraient aussi dérangés par ce Haut Conseil de Sirius, pourraient devenir des alliés pour toi? Pourquoi te contenter d'être régent de Rigel alors que tu pourrais être le maître de tous les mondes, des mondes que tu pourrais créer, qui seraient à ton image?»

Seth An fut alors un peu tourmenté. L'idée d'Isis Actaé était intéressante. Au fond, il voulait la même chose qu'elle: régner en toute liberté. Il savait aussi que s'il s'opposait à l'Ordre divin, cela entraînerait des guerres, des troubles, le chaos. Puis vint un moment où Seth An Bel Ashatan prit cette décision de donner libre cours au conquérant qui sommeillait en lui.

Isis Actaé connaissait très bien la puissance des couples parèdres et ne voulait absolument pas que Seth An risque d'être freiné. Elle décida alors d'éliminer Shamir. Aujourd'hui, humains de la Terre, Isis Actaé a transmis tous ses codes matriciels de cette Déesse pervertie et a agi également sur les religions – les religions qui ont truqué et tronqué l'histoire de vos origines dans la Genèse.

Aujourd'hui, votre Bible prétend que c'est Ève qui a causé la chute. Elle est devenue un objet de perdition. Il est même clairement dit à l'homme de se méfier de la femme, de regarder où elle mène le monde. Ainsi, à cause de cette information cellulaire, la méfiance existe.

Les hommes ont eu peur d'être soumis au pouvoir féminin; ils ont donc utilisé leur puissance physique pour soumettre les femmes. Les femmes ont peur d'être asservies par les hommes, alors elles se présentent sous leur aspect yang et revendiquent leur puissance. Elles disent : «Nous sommes l'égale de l'homme; ce que l'homme fait, nous pouvons le faire aussi.» Mais la fonction de la femme est différente de celle de l'homme, et vice-versa. Ils ont tous les deux des modes d'expression différents. Par nature, le féminin préserve la vie.

Les forces involutives ont alors décidé de faire taire le féminin, de le pervertir. Chaque fois que la Déesse du ciel s'est présentée, les religions en ont fait une vierge aseptisée, intouchable, asexuée, sans matrice. Et pourtant, elle enfante la vie, comme Marie, n'est-il pas? Ou alors, lorsqu'elle est l'épouse du Seigneur, comme Myriam / Marie-Madeleine, elle est réduite à une prostituée qui sera sauvée de ses péchés lorsqu'elle contactera le Christ. Et pour expier ses péchés, elle ne doit plus vivre de sexualité.

La Déesse du ciel et la Déesse de la Terre ont toutes deux été profanées, outragées. Seulement, ne faites pas d'association du genre le féminin, force évolutive, et le masculin, force involutive. Non point. Le féminin est la connaissance innée de la vie. Lorsque cette connaissance est intégrée dans le Cœur christique, dans le Sacré-Cœur, la Présence Je Suis s'installe et devient maître de votre existence. Vous rayonnez cette Présence qui n'est pas différente de la Source, qui est juste une manifestation. Y a-t-il une différence entre les rayons et le centre du soleil? Aucune, en réalité.

Actuellement, par les femmes de la Terre, nous guérissons les blessures d'Isis, à la fois les blessures de la Déesse du ciel et celles de la Déesse de la Terre, pour la réconciliation de la Déesse et de la femme guérisseuse, de celle qui connaît, qui a la maîtrise des éléments et de la Shekinah, de la Shakti, de la puissance de vie manifestée par cette puissance sexuelle. Nous guérissons les matrices du féminin.

En ce jour, nous demandons maintenant aux Maîtres ici présents de statuer sur les agissements d'Isis Actaé.

Le Seigneur Ashtar et le Seigneur Antonn pénètrent dans la salle du Conclave, ainsi qu'Isis Actaé. Cette dernière est placée à l'intérieur du cercle doré. Elle fait maintenant face au Maître Shinta Naya Horus Kron et au Maître Christ'al Chaya.

Le Maître Shinta Naya Horus Kron lui demande si elle a quelque chose à dire à l'humanité et ici, dans ce Conclave, aux Maîtres. Elle va s'exprimer.

Isis Actaé

Je salue l'assemblée de la Source première. Je suis Isis Actaé, la parèdre de Seth An Bel Ashatan. Cela fait bien longtemps que nous l'avons appelé ainsi. Tout ce que j'ai fait, je l'ai fait par amour pour un être unique qui méritait sa place, celle qui lui était due. Je n'ai fait que le soutenir dans ses différents projets. Je l'ai encouragé comme toute femme devrait encourager son époux.

Cela n'a pas été facile pour nous et c'est précisément parce qu'on ne nous a pas mariés que nous avons compris que ce que nous ressentions l'un pour l'autre était juste.

Vous, femmes de la Terre, dans certains siècles n'avez-vous pas été mariées dans le cadre de mariages arrangés? Avez-vous été heureuses? Nous avons dû prendre ce qu'un prêtre n'a pas voulu nous donner. Il est vrai que le Conseil de Sirius demandait toujours que les choses soient décidées à l'unanimité, dans le respect des lois de vie.

Nous avons sacrifié des vies, mais ceux qui se sont sacrifiés étaient consentants, car nous leur avons appris à l'être. Nous leur avons appris à nous craindre.

Je ne demande pas le pardon. Vous dites vous-mêmes qu'il ne faut pas se juger. Pourquoi devrais-je alors me juger?

Je n'ai rien de particulier à dire, sauf peut-être qu'il est parfois nécessaire de pratiquer certains rituels pour obtenir plus de pouvoir. Et même si ces rituels ne respectent pas la vie, ils nous ont permis de dominer.

Qu'allez-vous faire de moi? Me proposer la voie de la rédemption? Elle ne me concerne pas.

Pourquoi aurais-je dû sacrifier les desseins de Seth An pour maintenir l'harmonie sur différentes étoiles? Ces étoiles et la vie sur celles-ci ne signifiaient rien pour moi. Elles n'étaient que des territoires.

Eh bien, qu'allez-vous donc décider? Vais-je être recyclée dans la Source première?

Les Maîtres du Conseil de la Fraternité dorée demandent que des humains puissent prendre la parole et dire ce qu'ils ont à dire à Isis Actaé. Y a-t-il des humains pour cela?

Un participant s'exprime : Je voudrais m'adresser à la noble assemblée qui s'est réunie à l'occasion de ce Conclave au cours duquel, selon ma compréhension, elle va statuer sur le sort d'Isis Actaé.

En tant que travailleur de lumière, je souhaite de tout cœur que Seth An et Isis Actaé se retrouvent un jour, côte à côte, à genoux aux pieds de la Source.

Que leur puissance et leur connaissance, qui ont servi à semer le chaos dans les univers, soient désormais mises au service de la Lumière. Une utopie ? Peut-être, mais il y a des utopies qui sont devenues des réalités.

Voilà ce que je souhaitais exprimer. Je vous remercie de m'avoir écouté.

Isis Actaé : À vous entendre, le mal est le bien en gestation. Pourquoi alors voulez-vous vous débarrasser de nous puisque nous constituons en quelque sorte vos opportunités d'initiation, l'élément révélateur. D'un côté, vous voulez les éléments de la révélation, et de l'autre, vous ne voulez pas la souffrance, le combat.

Finalement, vous n'êtes faits que pour obéir comme d'autres sont faits pour conquérir. Je ne veux pas écouter ces humains de la Terre. Pourquoi veut-on m'infliger cela ?

Autre participant : Tu sembles ressentir beaucoup d'amour pour Seth An Bel Ashatan, alors pourquoi ne pas mettre cet amour au service du bien commun ?

Isis Actaé : Je suis un être au pouvoir absolu. Et dans ce pouvoir absolu, c'est vous qui devez être au service.

Autre participant : J'ai une profonde colère qui remonte à la surface. Tu es provocante, tu es orgueilleuse. Je n'arrive pas à te pardonner, car mon cœur éprouve de la colère.

Le Maître Christ'al Chaya

Bien-aimés de l'Un, je vous salue. Je salue le Conseil qui s'est réuni aujourd'hui et les délégations de l'Ashtar Command. Je salue Isis Actaé également. J'interviens en cet instant pour apporter ma pensée.

N'attendez pas des forces involutives qu'elles changent. Elles n'ont pas cette intention, du moins dans la sphère des conquérants. Certes, il y a en chacune de vous des parts mémorielles appartenant au patrimoine génétique d'Isis Actaé. Il y a des vies où vous avez été provocantes, où vous avez été obligées de survivre et de manipuler, où vous avez été séductrices, où vous vous êtes servies aussi de l'énergie sexuelle pour parvenir à vos fins. Si, aujourd'hui, Isis Actaé se présente devant vous et s'exprime, c'est précisément pour que vous preniez conscience de l'importance de soigner toutes ces blessures du féminin en vous, car ce n'est pas elle qui changera. Et ce n'est même pas nous qui allons la recycler dans le portail bleu cobalt.

Amma Cristalia vous a expliqué que lorsque les particules adamantines, dans leur descente, arrivent dans vos corps énergétiques, elles entraînent des cristallisations latentes du corps causal au corps physique, ainsi que des cristallisations d'égrégores de l'ancienne matrice. Parmi les cristallisations d'égrégores de l'ancienne matrice, il y a tout ce féminin distorsionné du collectif humain qui interpénètre vos propres blessures du féminin, que vous soyez un homme ou une femme. Et à ce moment-là, cela peut créer une forme de bombardement issue de croyances malsaines ou des émotions d'impuissance, de colère, d'aversion ou de répulsion.

La voie de la rédemption n'est pas extérieure et nous ne proposerons pas à Isis Actaé le chemin de la rédemption, ni même son recyclage. Nous n'attendons même pas qu'elle suive le processus de rédemption à travers vous, humains de la Terre.

Nous vous demandons simplement de guérir cette blessure d'Isis afin qu'Isis Actaé, ce féminin distorsionné, perde de son rayonnement car, en réalité, Isis Actaé a toujours eu peur de perdre son pouvoir.

À l'époque où j'étais incarné en tant que Jean le Baptiste, Hérode portait les codes matriciels de Seth An et Hérodiade, ceux d'Isis Actaé. Lorsque Hérode discutait avec moi au fond de ma geôle, il était tiraillé entre son besoin de conquérir et l'éventualité de suivre le chemin christique, car au fond de lui il se sentait coupable et honteux de vivre avec Hérodiade, la femme de son frère. Il se jouait donc sur terre une configuration similaire à l'histoire galactique.

Tout au fond de lui-même, Hérode savait que l'amour qu'il vivait avec Hérodiade menait à la destruction, à l'enfermement. Après chaque discussion avec moi, lorsqu'il rejoignait Hérodiade, celle-ci sentait bien l'influence des forces christiques sur lui. Mais elle avait aussi la capacité de voir les failles de son époux. Ayant remarqué qu'Hérode avait un faible pour Salomé, qu'il la convoitait, elle se servit alors de cette dernière pour une danse qui allait condamner Jean le Baptiste. J'ai accepté de prendre ce karma.

Pendant les guerres galactiques, lorsque je voyais mon entourage, ceux qui m'étaient chers, ressentir de l'impuissance, de la colère face aux forces involutives, je ne comprenais pas : « Pourquoi ne restaient-ils pas centrés sur l'objectif qui était tout simplement de maintenir la cohésion des mondes et de ne pas entrer dans des considérations, des émotions vis-à-vis de ces forces involutives? »

Sur terre, j'ai alors accepté de vivre, pour un moment, l'ombre, vos ombres, vos sentiments d'impuissance et de colère en m'incarnant à l'époque babylonienne. Lorsque je vis les prêtres noirs outrager la Déesse en violant des prêtresses sur des autels, en les sacrifiant après avoir pratiqué des rituels de magie noire juste pour augmenter leur pouvoir, eh bien, je pris l'épée et je les décapitai tous – tous sans exception, même leurs descendants.

Je savais qu'en contactant cette énergie particulière, je ne pourrais porter le manteau christique sur terre, mais j'acceptai de vivre cela. J'acceptai, en faisant cela, de devenir un Christ cosmique et de prendre cette charge karmique, cette douleur de l'humanité, comme le font tous les rédempteurs. Je ne prends pas la douleur pour la porter, mais pour la transmuter dans mes cellules.

Et si mes cellules d'ADN conscientisent que le principe Christos est le principe de transmutation par excellence et non pas uniquement d'ensemencement des consciences, alors je peux rayonner l'amour et l'unité dans tous les mondes et faire qu'Isis Actaé, Seth An Bel Ashatan et le plan d'asservissement qu'ils ont créé avec d'autres échouent.

Les forces christiques ont, de toute éternité, autorité sur les forces involutives, et cela est. Quels que soient les mondes que vous avez créés, quels que soient les univers sombres, nous avons le devoir de les solariser. Et tous ceux qui rejoignent ces unités christiques ont ce devoir d'amour. Et le pouvoir de votre Présence Je Suis rayonnante est d'apporter la transmutation et d'ensemencer la Conscience christique.

Certes, les forces involutives ont fait des dégâts, mais il y a deux mille ans de cela, dans des termes qui étaient appropriés à cette époque, le Christ a dit : «Détruiscz ce temple, je le rebâtirai en trois jours.» Et les forces involutives n'ont rien compris à ces propos.

Christos est immortalité ; il est la Vie. Humains de la Terre, nous vous transmettons la Conscience des Melchizédech. Nous ne nous sommes jamais battus contre Seth An et les forces de dispersion et d'involution. Nous avons toujours servi la lumière et respecté ce devoir d'amour qui consiste à considérer l'harmonie et l'unité de tous les mondes, de toutes les dimensions, de tous les règnes.

Le vrai souverain, le vrai régnant est celui qui est maître de lui-même. Toutes les institutions de la Terre fonctionnent selon les principes des conquérants, mais aujourd'hui la séparation d'avec la Source première est achevée et c'est vous, unités de lumière, Christs incarnés, qui modifierez l'environnement de votre humanité.

Ne soyez pas découragés lorsque vous regardez autour de vous et que vous vous dites : « Quand les changements viendront-ils ? Nous ne les observons pas, sinon très peu.» En réalité, de grands changements sont sur le point de s'accomplir sur cette planète. Et cette terre qui ascensionne devient une cellule de rédemption dans le grand corps des univers fils.

Isis Actaé s'est montrée odieuse en disant : «Pourquoi devrais-je écouter un humain ?» On devrait alors lui demander : «Pourquoi ne devrait-elle pas écouter un humain ?» Son cœur de femme risquerait-il d'être touché ? Peut-elle éternellement renier sa véritable nature ? Tout cet amour qu'elle a donné à un seul être, elle aurait pu le donner à tous, à tous les mondes.

Donnez toujours ce qu'il vous est possible de donner : votre amour, votre attention. Plus vous rayonnerez, moins on pourra vous prendre et vous déposséder. La Source d'amour donne et reçoit, car c'est le mouvement perpétuel de la vie.

Nous mettrons Isis Actaé sous bonne garde afin de neutraliser ses pensées et ses moyens de communication avec son vaisseau mère et avec les pensées de Seth An. Nous demandons au Maître Korton et à ses unités de communication d'œuvrer en ce sens.

Isis Actaé peut maintenant se retirer. Soyez remerciée, noble assemblée. Soyez bénis, humains de la Terre.

Le Maître Gallia Hawk

Salutations à cette noble assemblée du Conseil de la Fraternité dorée. Je suis le Maître Gallia Hawk de la constellation de l'Aigle d'Altaïr. Je salue également l'ensemble de cette humanité terrestre.

Nous avons écouté attentivement les propos d'Isis Actaé et nous avons également écouté les humains de la Terre qui ont exprimé leurs souffrances et leur lassitude. L'heure est à la trêve. Les forces involutives sont arrivées au bout de ce qu'elles avaient à proposer à l'humanité terrestre. Même si Isis Actaé s'est montrée arrogante, elle a dit une chose importante que vous devez conscientiser.

Vous dites que le mal est le bien en gestation, mais vous voulez le supprimer parce que vous ne voulez pas vivre la souffrance de l'initiation.

Les initiations de passage en cinquième dimension ne sont pas souffrances si vous décidez qu'elles sont initiations. Elles sont souffrances tant que vous les vivez dans les vibrations de l'épreuve, de quelque chose qui vous dépasse, qui a un pouvoir sur vous.

Ce qui se produira de plus en plus dans le rayonnement grandissant de la nouvelle matrice de la Terre, c'est que toutes les cristallisations cocréées à la fois par les forces involutives et par les exécutants des humains incarnés, toutes ces cristallisations qui arrivent parce qu'elles sont magnétiquement attirées avec les particules adamantines dans vos propres structures personnelles et qu'elles entrent en résonance avec vos propres cristallisations, vos propres blessures, eh bien, vous pourrez soit les subir, et dans ce cas-là rester enfermés dans la souffrance, soit les considérer véritablement comme des outils d'initiation, des outils de passage, des outils de mutation de votre être.

Si vous vous enfermez dans les souffrances, dans tout ce que vous n'avez pas encore réglé et qui se présentera à vous, vous rendrez tout cela tellement monstrueux que vous serez confrontés à un démon intérieur que vous aurez nourri. Et si ce démon est projeté devant vous, un phénomène aura lieu dans les cortex, au niveau des synapses, qui fera qu'une pensée virtuelle deviendra réelle et agressera vos systèmes émotionnel et mental. Et cette cristallisation qui aura soudainement pris vie et qui sera intelligente ira chercher dans des évènements de votre passé des éléments n'ayant pas été clarifiés, n'ayant pas été purifiés, mais non pour les purifier. Elle vous mettra face à ces éléments de perturbation afin de vous faire croire que vous êtes irrécupérables.

Si vous ne pratiquez pas une discipline quotidienne, et il ne s'agit pas que d'une discipline extérieure avec des mantras, des noms divins, des prières, des décrets, des méditations, mais d'une véritable discipline de la structure mentale qui, elle, est comme un veilleur devant garder le cap, devant constamment viser l'objectif, si vous ne maintenez pas cela, vous allez vivre enchaînés. Et plus vous vivrez enchaînés, plus vous éprouverez de la culpabilité. Et plus vous vous sentirez coupables, plus vous continuerez de juger et de condamner.

Que croyez-vous qu'il se soit produit dans vos vies galactiques avant la Terre? Face aux actions des forces chaotiques, vous ne vous êtes pas contentés de ressentir de l'impuissance ou de la colère; vous avez haï vos ennemis, vous les avez condamnés, et parce que vous les avez haïs et condamnés, vous avez absorbé une part de ce poison, vous avez respiré l'information contenue dans leur propre structure ADN.

Vous avez permis que leurs particules se déposent en couches successives dans votre ADN et toute l'énergie négative que vous avez dégagée a permis le métissage entre vos vibrations originelles et ces vibrations induites. Et précisément parce que vous êtes devenus comme eux, vous êtes entrés dans ce cycle de répétition, d'incarnations, d'expérimentation.

Ce que vous avez jugé, vous avez dû le vivre, et c'est votre propre jugement qui a continué d'enfermer les forces involutives et d'amplifier leurs folies.

Vous devez aussi comprendre certaines leçons de cette histoire galactique. Le Grand Prêtre Melchizédech aurait dû comprendre que la vision de la pythie était une vision du futur et que le futur n'existe pas. Il n'existe que si l'on y croit, si on le crée, car il n'a pas de dimension. Melchizédech craignait que la vision de la pythie se matérialise, et parce qu'il avait peur il a participé à sa manifestation. Il n'aurait pas dû agir seul, mais s'en référer aux sages du Conseil de Sirius pour exprimer ses peurs. Ainsi, il aurait conscientisé le fait qu'il n'était qu'une facette du diamant, que d'autres solutions existaient peut-être.

Quant à la pythie, en tant qu'énergie féminine elle aurait aussi pu agir autrement. Elle aurait pu conseiller au Grand Prêtre de ne pas prendre de décision seul, d'autant qu'une telle problématique ne s'était jamais présentée et qu'il fallait donc multiplier les points de vue. Et si Melchizédech n'avait pas eu le courage d'aller voir le Haut Conseil de Sirius, elle-même aurait pu prendre l'initiative de le faire. Mais elle ne l'a pas fait. Elle s'est dit : « Chacun son rôle. » Certes, chacun a son rôle, chacun a sa fonction, mais n'oubliez pas que les dimensions elles-mêmes ne sont pas superposées les unes aux autres, qu'elles s'interpénètrent. Et vous ne devez pas être figés chacun dans vos rôles et vos fonctions. Vous devez apprendre la coopération, vous enrichir les uns les autres et ne pas vous cloisonner.

Ce mouvement de coopération, c'est ce que vous avez à apprendre dans la nouvelle matrice de la Terre. Comment organiserez-vous vos îlots de lumière sans la coopération ? Allez-vous dire : «Chacun a sa fonction, ce n'était pas à moi de m'occuper de cela, donc je ne l'ai pas fait, qu'ils portent seuls la responsabilité» ? Cela est une vision séparée de la vie. Vous devez avoir une vision globale, regarder l'ensemble de l'œuvre.

C'est exactement comme lorsque, tout d'un coup, vous exprimez de la lassitude par rapport à tout ce que vous avez vécu, aux guerres, aux conflits. Si vous ramenez cela au petit «moi», vous serez très vite fatigués et vous perdrez le sens de ce que vous avez vécu et de ce pour quoi vous avez combattu.

Quand vous reconnaissez la véritable dimension des forces involutives, vous leur donnez leur véritable place, qui est celle de vous initier et de vous apprendre la maîtrise.

Si vous regardez deux cristaux, un cristal de quartz transparent et un cristal noir, le plus puissant est le cristal noir, car il vous invite à l'initiation. Si vous acceptez l'initiation proposée sans jugement, sans haine, sans aversion, alors très rapidement vous établirez le lien entre Je Suis et j'expérimente. Et le lien est la conscience.

Vous ne pourrez pas trouver la voie de la rédemption en ne prenant qu'une partie de votre responsabilité humaine et terrestre et en disant : «Le reste, les Maîtres s'en occuperont.» Même si cela est, vous devez observer jusqu'au bout la leçon. Certains d'entre vous, aujourd'hui, ont regardé Isis Actaé comme une bête furieuse, comme un être abject, un despote. Si vous la regardez dans sa divinité, dans ce qu'elle est réellement, elle disparaît. La regarder avec des yeux rédempteurs, c'est vraiment l'accueillir dans votre cœur comme une partie de vous qui a souffert et même vous dire : « Mieux vaut que ce soit elle qui ait épousé Seth An et non pas moi. »

Elle a dit clairement dans son discours qu'elle et Seth An voulaient prendre la place qu'on ne leur a pas donnée. Ils l'ont prise de force, ils l'ont prise dans leur croyance et leur folie, certes. Donnez-leur aujourd'hui leur place. La lumière luciférienne qu'ils portent est celle de l'initiation. Au-delà de l'initiation, il y a la lumière Christ, celle qui révèle votre véritable nature. Mais vous ne pouvez pas toucher à la lumière Christ si vous ne reconnaissez pas l'utilité de la lumière luciférienne. C'est quand vous reconnaissez leur place et que vous la leur donnez que leur pouvoir devient limité.

Un évènement, quel qu'il soit, est toujours neutre. Même s'il est inconfortable, difficile ou inacceptable, il n'en demeure pas moins qu'il est neutre. C'est à vous de décider si vous le subissez, qu'il soit positif ou négatif, qu'il induise la paix ou la joie. C'est à vous de décider si vous allez subir cet évènement ou si vous allez en tirer les leçons nécessaires au grandissement de votre être.

Aussi difficile que cela vous paraisse, il est important d'envoyer de l'amour et de la compassion à Isis Actaé, mais non pas comme vous l'ont appris les religions, en faisant semblant. Faites-le en pleine conscience, car ce qu'elle a porté, d'autres entités n'ont pas eu à le faire.

Quand vous développerez ce Cœur christique, vos institutions changeront. Il y a beaucoup de meurtriers sur cette planète, beaucoup d'horreurs y sont pratiquées, et il y a encore des pays où l'on condamne à mort. Croyez-vous que cela résolve le problème ? Vous ne faites alors qu'alourdir et noircir l'âme de la personne condamnée. La charge est déjà bien lourde, nul besoin d'en rajouter. De plus, si vous lancez la pierre, elle vous reviendra, et un jour, aussi, on vous lancera la pierre. Il est donc temps de cesser ce mouvement de répétition, d'entrer dans la conscience de la cinquième dimension et de devenir ce que vous êtes : des maîtres en action.

Vous avez aussi dit : «Nous souhaitons qu'un jour Isis Actaé et Seth An Bel Ashatan se retrouvent aux pieds de la Source.» Vous priez comme des martyrs. Ce ne sont pas Isis Actaé et Seth An Bel Ashatan qui doivent être aux pieds de la Source car, en réalité, même s'ils croient être les maîtres absolus, ils sont issus de la Source et ne peuvent aller au-delà du pouvoir d'amour et d'unité de celle-ci. Ils seront aux pieds de la Source quand vous reconnaîtrez leur place réelle. Ils sont là uniquement pour que vous puissiez conscientiser votre véritable Essence. En les rejetant, vous augmentez l'ombre et la puissance du chaos. Soyez conscients de cela, enfants de lumière, et soyez bénis.

Lady Nada

Enfants bénis de la Source, je vous salue. Je suis Lady Nada et je viens aujourd'hui vous parler de la relation intime d'un couple sacré, d'un couple parèdre.

Dans les temps actuels de la Terre, ce sont les femmes qui portent en elles le mandat d'ouvrir le Cœur sacré, le Sacré-Cœur de l'humanité nouvelle. Dans ce mandat, les femmes incarnent la force, la puissance, la détermination, la beauté, la compassion et aussi la droiture du cœur. Une femme a besoin d'être accompagnée de son complément masculin pour ensemencer la conscience nouvelle. Elle porte la lumière du ciel qui prend chair dans le corps de l'Arche d'Alliance par le masculin rayonnant en action.

Une femme est comme la lune qui reçoit de l'homme-soleil rayonnant. Si le soleil envoie de la lumière dorée, de la chaleur, de l'amour, de l'attention, de la tendresse, la femme, comme la lune, reçoit dans sa matrice cet ensemencement d'amour solaire et va le faire grandir en elle pour le partager à son tour. Si un soleil est froid, sans chaleur, la femme lunaire reçoit la froideur et renverra cet état, rendant le monde infertile, incompatible avec la naissance du Corps christique de l'humanité.

La nouvelle énergie d'aujourd'hui invite les couples parèdres à s'unir dans ce Cœur unitaire, dans ce mandat de solarisation, afin que le Corps christique de la nouvelle humanité puisse rayonner et transmettre l'ADN nouveau.

L'homme d'aujourd'hui porte donc la responsabilité d'accompagner la femme, l'initiatrice, Isis, celle qui porte en elle l'union de la Déesse de la Terre et du ciel. Si elle est nourrie d'amour, de lumière, de chaleur, elle permettra au masculin de prendre réellement sa place dans son mandat qui consistera à réorganiser et modifier les structures internes des sociétés actuelles.

La femme a donc un rôle important et l'homme se doit d'être aimant, le cœur ouvert. Seulement, les guerres anciennes entre le principe féminin et le principe masculin ont créé également des blessures dans les matrices des hommes qui ont peur des femmes, de leur pouvoir. Elles ont, en effet, un pouvoir, celui de faire agir le masculin.

Isis Actaé avait, elle aussi, ce pouvoir. Elle a fait agir Seth An dans ce qu'il y avait de plus obscur en lui. Elle a fait naître en lui le conquérant. Il est précieux, aujourd'hui, que les hommes apprennent à communiquer leur véritable nature aux femmes, ce qu'ils ressentent, ce dont ils ont besoin.

Dans la relation amoureuse, l'homme croit, la plupart du temps, que la relation est acquise et il manifeste souvent son amour dans le «faire» en oubliant la parole. Le féminin a besoin de recevoir l'amour dans les mots, car les mots sont l'essence de l'éther, l'harmonie des éléments. L'homme ancien croit qu'en exprimant son amour par des mots, il se rend vulnérable, et que la femme risque de développer de l'ego et d'avoir un pouvoir sur lui. Mais il n'en est rien, car le féminin a besoin, pour exprimer sa beauté, d'être reconnu dans son Essence, dans les qualités premières de son Essence.

Nous invitons les couples de la Terre à prendre le temps de se retrouver en tête à tête pour se regarder, exprimer à l'autre ce qu'il représente, prendre le temps de consacrer un lieu pour leur intimité. Leur chambre et leur lit ne doivent pas être un lieu de discussion, de conflit, mais un lieu de paix et d'harmonie où ils se retrouvent pour dormir, où ils se retrouvent aussi pour vivre le rituel de la sexualité sacrée.

Dans ce lieu consacré à un espace qui sera le cœur matriciel, vous pourrez placer des fleurs, des cristaux, des objets sacrés ; vous pourrez également mettre dans cette chambre nuptiale trois croix Ankh en cuivre ou en laiton accrochées sur les murs et rappelant ainsi au couple qu'il représente l'Œuf primordial agissant dans le monde manifesté.

Et puis, prenez le temps d'exprimer vos besoins, non pas sous la forme de reproches à l'autre, car cela serait dans l'expression des blessures, mais vos besoins réels, ceux de votre âme. Exprimez également clairement vos peurs, vos doutes et avant d'être côte à côte, face à face, placez-vous dos à dos et visualisez votre colonne vertébrale comme une colonne de lumière or. Demandez que cette colonne vertébrale soit le réceptacle des formes-pensées des Maîtres ascensionnés. Cette colonne vertébrale or devient comme une corde de lumière rejoignant, par le chakra racine, le centre de la Terre, et par le septième chakra, le centre de la Source première.

Puis commencez à respirer à votre rythme, des respirations de plus en plus amples, des respirations ventrales, et puis, placez-vous assis sur un 8, une lemniscate argent, chacun des deux partenaires étant assis sur l'une des boucles du 8. Puis faites circuler l'énergie de lumière dorée à l'intérieur de la lemniscate argent. Elle circulera d'abord dans la boucle du masculin, dans le sens inverse des aiguilles d'une montre, et dans la boucle du féminin, dans le sens des aiguilles d'une montre.

Ensuite, visualisez des lemniscates, des 8 dorés venant se fixer entre chaque chakra de la colonne vertébrale unissant les chakras du couple, du premier au septième chakra, comme si le chakra de l'un était contenu dans l'une des boucles du 8 et le chakra de l'autre, dans l'autre boucle du 8. Et commencez à respirer ensemble dans chaque chakra. La femme va d'abord inspirer dans la boucle du chakra de son homme, puis expirer dans la boucle où se trouve son chakra. En respirant, elle visualise dans le chakra de l'homme l'énergie qui circule dans le sens inverse des aiguilles d'une montre et elle expire dans son chakra, dans le sens des aiguilles d'une montre.

Elle inspire de trois à huit fois dans chaque chakra et l'homme, en même temps, inspire dans le chakra de sa femme et visualise que l'énergie circule dans le chakra de celle-ci, dans le sens inverse des aiguilles d'une montre, puis il expire dans la boucle du 8 de son propre chakra, dans le sens des aiguilles d'une montre. Cela est effectué de trois à huit fois sur chaque chakra.

En même temps, le couple pose l'intention de transmuter toutes les cristallisations des vies passées, présentes, futures et parallèles pouvant être transmutées ici et maintenant.

Lorsque ce travail est fait, le couple se met face à face, assis, en position du lotus, en tailleur, genoux contre genoux, paumes vers le ciel. Et la femme inspire l'énergie de la Terre par son chakra racine, monte l'énergie dans sa colonne vertébrale jusqu'au septième chakra et expire du septième chakra de son partenaire, dans la colonne vertébrale de son partenaire, jusqu'au chakra racine de celui-ci.

En même temps, l'homme inspire par son septième chakra dans sa colonne vertébrale jusqu'à son chakra racine et expire du chakra racine de sa partenaire jusqu'au septième chakra de celle-ci en passant dans sa colonne vertébrale. Tous les deux effectuent comme cela sept respirations tout en émettant l'intention de s'unir dans un mandat commun au service de l'humanité dans son ensemble.

Pour finir la méditation, ils laissent leur bras gauche posé sur leur cuisse, paume vers le ciel, et posent la main droite sur le chakra du cœur de l'autre. Puis ils se regardent et joignent leurs mains au niveau du cœur. Et ils se reconnaissent et se remercient en tant que divinités incarnées dans ce monde.

C'est là une méditation d'harmonisation et de salut dans un couple divin demandant à œuvrer.

Si vous pratiquez avec régularité cette méditation, vous purifierez beaucoup de cristallisations communes et vous commencerez à préparer vos deux kundalinis à recevoir les initiations des Maîtres pour faire de vous des ensemenceurs de la Conscience christique.

Pour que votre énergie sexuelle circule librement dans votre canal et s'harmonise avec l'énergie de l'autre, cette méditation est une aide précieuse.

Soyez bénis, enfants de la Terre et du ciel. Nous allons maintenant laisser un espace à Christ'al Chaya afin qu'il puisse répondre à vos questions.

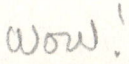

LE 11 NOVEMBRE 2013

Je suis à nouveau amenée dans la salle du Conclave de la Fraternité dorée et le Maître qui s'avance maintenant pour prendre la parole est le Maître Altéa Véga.

Rosanna

Le Maître Altéa Véga

Salutations à cette assemblée du Conseil de la Fraternité dorée et aux humains de la Terre. Je suis le Maître Altéa Véga de la constellation de la Lyre et je suis chargé, en tant que scientifique, d'observer les changements géophysiques de cette planète et de commander les unités des vaisseaux végans placés autour de la Terre qui s'occupent de la programmation des différents hologrammes évolutifs.

Je vais aborder tout d'abord une question fondamentale, celle des changements provoqués dans l'anatomie même de l'être humain, à savoir dans la zone du thymus. Le thymus est le cœur karmique de l'anatomie énergétique de l'être humain. Chez les Végans, le système du thymus ne connaît pas ce phénomène observé chez les humains et qui fait en sorte qu'à un moment donné le thymus perd du volume et une partie de son énergie vitale, provoquant, entre autres, le vieillissement, la dégradation cellulaire et la mort. Notre thymus est en perpétuelle régénération.

Dans les particules adamantines qui descendent, nous allons donc programmer des codes matrices mères pour renforcer les cristaux Urim et Thummim contenus à l'intérieur du thymus. Ainsi, Urim et Thummim prendront une autre fréquence, votre thymus sera plus rayonnant, et on commencera à voir sa capacité à se régénérer. Chez certains humains, vous pourrez alors constater, dans les prochaines années, un rajeunissement cellulaire. Certains muscles seront renforcés comme si les personnes pratiquaient des exercices physiques.

Si le thymus est le cœur karmique, il est évident qu'en amplifiant le rayonnement d'Urim et de Thummim, qui sont ces cristaux contenus dans le thymus, il y aura une purification plus importante des éléments karmiques résiduels, des éléments karmiques racines, à savoir votre karma galactique.

Toutes les cristallisations qui se stockeront dans la zone du thymus devront être opérées selon les nouveaux protocoles que nous allons mettre en place pour vous, humains de la Terre. Ces protocoles concerneront l'opération du thymus en utilisant certains instruments énergétiques tels que le Feu bleu cobalt, le Rayon argent et le Rayon platine.

Comprenez également que lorsque des cristallisations seront libérées dans le thymus, cela permettra un plus grand rayonnement du Cœur christique, à savoir un ajustement de la Triple Flamme du Cœur, et cela vous permettra de mieux entendre ce qu'a à vous dire votre Présence Je Suis, car la plupart des humains de la Terre, en raison d'un ADN émotionnel perturbé par les différentes implantations, croient souvent entendre leur Présence Je Suis, mais ce n'est point elle qui parle en eux; ce sont plutôt leurs projections, leurs peurs et leurs croyances.

Il y aura donc une plus grande clarté auditive à l'intérieur de votre Présence Je Suis.

Plus nous ferons évoluer les hologrammes, plus vous ressentirez les changements réels provoqués par l'alignement planétaire du 21 décembre 2012, et dans ce que vous allez ressentir, plus que jamais vous aurez besoin d'entrer dans les champs de conscience de cinquième dimension, d'abandonner toutes vos formes de limitation, tous vos comportements liés à l'état de survie. Et vous devrez être pleinement conscients de votre pouvoir de créer, car tout ce que vous allez créer dans la nouvelle matrice se manifestera dans un temps beaucoup plus rapide qu'auparavant.

Si vous envoyez des formes-pensées non adéquates à la nouvelle grille planétaire de la Terre, ces formes-pensées ne pourront agir sur la nouvelle matrice de Gaïa, mais vous seront immédiatement restituées sous forme d'initiations, ce qui sera fort inconfortable à vivre pour la plupart d'entre vous. Tout ce qui n'est pas en adéquation avec la nouvelle grille planétaire ne pourra perdurer dans le système terrestre. Si vous ne gérez pas ces anciennes formes-pensées et qu'elles stagnent autour de vous dans vos corps énergétiques, elles viendront, par la loi de résonance et la loi magnétique, renforcer vos cristallisations descendues avec les nouvelles particules adamantines et provoquer des maladies incurables jusqu'à éventuellement vous conduire à la mort.

Dans les dix prochaines années, toutes les personnes incarnées qui n'arriveront pas à s'harmoniser avec la nouvelle matrice de la Terre risqueront fort de devoir quitter l'espace terrestre, car la nouvelle matrice en émergence demande un corps énergétique plus rayonnant de la part de l'ensemble de l'humanité. Néanmoins, ce que je viens de vous annoncer pour les dix prochaines années peut encore être modifié par le rayonnement du corps spirituel des travailleurs de lumière. Si, dans les dix prochaines années, le rayonnement atteint un degré suffisant, il aura la possibilité de libérer les cristallisations trop importantes de l'ancienne humanité n'arrivant pas à transiter dans la nouvelle matrice. Et certains pourront encore, à ce moment-là, rejoindre les unités de lumière christiques dans la nouvelle matrice de Gaïa.

Vous, les travailleurs de lumière engagés dans ce processus d'ascension, avez donc la responsabilité très importante aujourd'hui de ne pas faillir et de ne plus être tantôt dans les fréquences de l'ancienne matrice, tantôt dans les fréquences de la nouvelle matrice. Vous devez vous impliquer totalement dans la cocréation consciente de la nouvelle matrice de la Terre qui s'installe de plus en plus. Et vous devez agir dans les différents secteurs institutionnels de votre planète.

Vous le savez, nous, les Végans, n'avons pas de système politique, ni économique, ni religieux. Lorsque nous informons les particules adamantines de toute l'évolution de notre constellation, nous vous envoyons également cet état de conscience où il n'est nul besoin d'avoir des systèmes politico-économiques pour gérer une planète. Ce qui est fondamental et primordial, c'est d'appliquer consciemment les lois de vie par un comportement à hautes fréquences, à un niveau de conscience plus élevé, et d'adopter un comportement responsable dans tous les domaines de création.

Si vous connaissez le système énergétique de l'être humain, vous savez que lorsque votre kundalini commence à monter, lorsqu'elle amorce son ascension, elle traverse vos différents chakras et va nettoyer, brûler tout ce qui ne vous convient plus. C'est comme si le serpent de feu absorbait les débris cellulaires ayant besoin d'être libérés, d'être évacués. Si la kundalini monte trop vite, elle peut à un moment rester bloquée sur un chakra et occasionner alors des dommages. Par exemple, si un blocage a lieu dans le troisième chakra, cela peut occasionner des ulcères d'estomac.

Il est donc important également d'accompagner les ailes de la kundalini pour qu'elles puissent transiter harmonieusement. D'où la nécessité aussi de libérer vos propres cristallisations afin que cette ascension se passe le mieux possible.

Il en est de même pour la structure énergétique de la planète. Depuis quelques années déjà, la kundalini terrestre commence, petit à petit, à monter, à bouger. Le feu éther de la Terre commence à se mouvoir, ce qui fait que des plaques tectoniques sont en mouvement constant et que nous devons veiller à ce que tout cela se passe dans la plus grande harmonie possible pour ne pas créer de catastrophes planétaires. Nous faisons donc en sorte de pratiquer des nettoyages à certains endroits de la Terre et, vous le savez, comme ces cristallisations liées aux égrégores de l'humanité sont également de plus en plus dans un mouvement de descente lié à celui des particules adamantines, il y a des lieux sur la planète où ces cristallisations sont plus denses, précisément près de certains chakras majeurs de la Terre.

Les Mères divines vous ont dit que les femmes allaient absorber, en partie, ces cristallisations dans leurs propres structures et que ces cristallisations allaient se mettre en résonance avec leurs cristallisations personnelles, d'où un besoin important de pratiquer des soins énergétiques et un travail constant pour augmenter le niveau de conscience.

Nous participerons également à la dissolution de ces cristallisations en envoyant des ondes spécifiques depuis les vaisseaux mères autour de la Terre pour les dissoudre en cristallisations beaucoup plus petites, ce qui facilitera leur absorption et leur recyclage au moment où elles arriveront dans vos structures éthériques.

Je voudrais vous parler du troisième portail de rédemption qui sera activé en mars 2014. Ce portail est placé précisément sur l'île de Pâques, qui est un fragment de l'ancien continent lémurien Pacifica Lemuria. Nous allons, par ce portail, envoyer des ondes fréquentielles spécifiques qui vont pénétrer la grille magnétique interne de la Terre. Cette distribution d'ondes dans les différents continents de la Terre sera dirigée sur des centres qui seront, dans le futur, des centres de ressourcement et des centres d'entrée et de sortie de vortex d'énergie. Ces centres de ressourcement seront aussi là pour équilibrer les changements géophysiques de la Terre et libérer toutes les cristallisations. Ainsi, lorsque la kundalini terrestre fera son ascension sur les différents chakras majeurs de la Terre, il y aura moins de perturbations des cinq éléments.

Si nous n'intervenions pas, les éléments de la Terre seraient beaucoup plus perturbés et il y aurait beaucoup de dégâts sur différents continents.

L'activation du portail de rédemption va également renforcer ces bibliothèques akashiques lémuriennes que sont les *moai*. Les *moai* auront donc un rayonnement beaucoup plus grand et communiqueront l'information qu'ils contiennent dans les champs morphogénétiques de l'humanité participant à l'élaboration de la nouvelle matrice de la Terre. Les *moai* représentent l'homme futur. Ils sont également la conscience lémurienne. La conscience lémurienne est intemporelle ; elle n'appartient pas seulement au système terrestre. Elle a été la Conscience Mère des humanités stellaires, galactiques. Elle est le Un qui se regarde dans l'unité, dans la fraternité, dans le mouvement de coopération.

Le peuple lémurien qui vivait sur terre recevait, par l'intermédiaire des Cristaux Maîtres placés sur terre, l'éducation de la Conscience christique. Ils considéraient le cristal comme un Maître d'enseignement et développaient à la fois la Conscience du Cœur d'amour et la Conscience de la connaissance de l'Esprit universel. Ainsi, ils renforçaient le lien existant entre le cœur, le quatrième chakra et le sixième.

Ils ne désiraient pas augmenter des potentiels de technologie, ils ne cherchaient pas à comprendre comment fonctionnait la propulsion des vaisseaux, ils ne cherchaient pas non plus à créer des outils pouvant créer de l'antimatière. Ils considéraient qu'ils étaient eux-mêmes source de toute vie et que, pour se déplacer dans les univers, ils devaient pouvoir permuter leurs propres fréquences, leur champ fréquentiel.

Les Atlantes vivant à peu près dans le même espace-temps que les Lémuriens étaient différents. Ils étaient plus scientifiques et, pour eux, il était important de développer cet aspect-là de la vie. Ils cherchaient beaucoup à comprendre comment l'ADN fonctionnait et comment l'influencer directement. Ils ont également pratiqué certaines mutations de l'ADN, certains transferts aussi, sans forcément respecter les éléments de la vie. Ils ont collaboré avec le peuple de Maldek, une colonie initiée par les forces mardoukiennes. Ainsi, il y a donc eu des transferts de particules entre les Maldékiens et les Atlantes.

Peu à peu, les Atlantes ont perdu cette ouverture du Cœur christique et ont développé le goût du pouvoir. La connaissance n'est point le pouvoir ; la connaissance est amour, rigueur et expansion de la vie. Le pouvoir est la connaissance sans amour, la connaissance pour se servir.

Ainsi, les Atlantes ont provoqué une destruction de leur propre continent, mais avant cela ils étaient entrés en guerre contre le peuple lémurien qui leur avait demandé de ne pas oublier de développer le Conscience du cœur, de comprendre qu'il n'y avait rien à prendre dans le cristal, que le cristal n'était pas là pour augmenter les pouvoirs, que le cristal devait être respecté, car il était une porte des étoiles, une porte de la connaissance des univers Père/Mère et qu'il fallait l'accueillir comme tel et non s'en servir.

Les Atlantes eurent facilement l'avantage sur le peuple lémurien parce qu'ils avaient développé l'aspect technologique. Ce qui se produit actuellement sur la planète Terre n'est qu'une résultante d'un conflit lointain qui sera résorbé non seulement pour l'humanité terrestre, mais pour l'ensemble des univers fils, précisément par l'ascension de la Terre.

Les grands Cristaux Maîtres de l'ancienne Lémurie avaient été téléportés avant le grand déluge sur l'étoile An d'Orion et ils ont été retranslatés sur terre le 12 octobre 2004 par le Melchizédech galactique, Christ'al Chaya, au Machu Picchu. Aujourd'hui, ces Cristaux Maîtres participent aussi à la réhabilitation du principe féminin sur terre.

Toutes les cristallisations, les blessures du féminin sacré seront définitivement résorbées d'ici 2020 pour l'ensemble de l'humanité terrestre. Soyez-en assurés, humains de la Terre.

Nous remercions les Maîtres de la Fraternité dorée, les délégations de l'Ashtar Command et les humains volontaires qui ont œuvré et qui œuvrent encore à l'avènement de la race future.

Le Maître Christ'al Chaya

Bien-aimés de l'Un, je vous salue. Je salue les membres de la Fraternité dorée ainsi que l'humanité dans son ensemble.

Beaucoup d'humains de la Terre, de travailleurs de lumière, se demandent encore aujourd'hui pour quelle raison finalement les Maîtres ont laissé faire, pourquoi Christ'al Chaya, qui fut proche de Seth An, n'a pu l'intercepter à temps, l'empêcher de basculer?

Nous ne sommes pas des Maîtres désireux d'avoir le contrôle sur d'autres êtres. Au fur et à mesure de l'évolution d'un ou de plusieurs êtres d'une humanité, nous adoptons des plans pour aider l'ensemble à aller vers une construction positive et une reconnaissance de l'Essence première.

Dans d'autres temps, Seth An Bel Ashatan vint me voir et me demanda de prélever mon ADN. Je me doutais bien qu'il préparait quelque chose de machiavélique, mais je savais aussi qu'il y avait cette Essence christique rayonnante à l'intérieur de mon ADN, alors je lui donnai une part de celui-ci. Il prit aussi l'ADN de son épouse Ishpayata, car il considérait qu'en définitive elle était la représentation du féminin soumis, du féminin sacrifié, puisqu'elle n'était pas sa parèdre et qu'il se considérait comme un conquérant.

Avec ces trois souches d'ADN, il créa un être prototype qui allait devenir un modèle pour concevoir la race des Dracos. Les Dracos sont une famille reptilienne ayant posé beaucoup de problèmes pendant les échanges galactiques, pendant les temps de guerre et les tentatives de trêve, car ce sont des changeants, des leurres, des répliquants.

Le prototype qui venait donc d'être créé se nommait Ajar Benassarath. Lorsqu'il apparut sur Sirius, il manifestait déjà une très grande connaissance des lois de vie et il avait certains potentiels similaires aux miens, comme le fait de voir les glyphes, les signatures énergétiques contenues à l'intérieur de l'ADN. Autrement dit, il pouvait lire le patrimoine génétique d'un être et ses différents codes. Il avait ma puissance et celle de son père.

Il fut très vite introduit à l'intérieur même du Haut Conseil de Sirius, car il était un prêtre Melchizédech et un puits de connaissance. Comme son ADN comportait différentes empreintes, lorsqu'il était en contact avec des êtres fondamentalement christiques, honnêtes, droits, toute la part christique de son ADN rayonnait et mettait en veille la part conquérante héritée de son père ou la part soumise héritée de sa mère. Mais dès qu'il entrait en contact avec des félons d'Orion qui conspiraient secrètement avec Seth An, alors la part conquérante de son ADN devenait plus importante, plus rayonnante et troublait ses comportements.

Un jour, lors d'une réunion du Conseil, nous fûmes mis en contact et lorsque j'observai ses glyphes, je compris qui il était et pourquoi Seth An m'avait demandé mon ADN, et je me dis qu'il fallait trouver une solution pour équilibrer cet être. Je matérialisai alors un manteau galactique doré issu directement de certains codes matrices maîtres de la Source pour que seule la part christique de son être soit rayonnante. Tant qu'il portait ce manteau galactique or, sa part christique prenait le dessus.

Seulement, voilà qu'un jour Ajar Benassarath décida d'aller vivre parmi les Reptiliens parce qu'il ne comprenait pas pourquoi l'ensemble des Maîtres de la Fraternité dorée n'arrivaient pas à mettre un terme à cette guerre. Même si sa part conquérante n'était plus pleinement active, elle était néanmoins toujours présente et lui-même se dit : «Finalement, Christ'al Chaya n'a pu intercepter Seth An, mais je suis sûr que je ferai mieux que lui.»

Il décida donc d'amener une équipe avec lui et de prendre des corps de Reptiliens sur le point de mourir. Sur terre, vous appelez cela des *walk-in*. Seulement, avant qu'ils entrent dans ces corps de Reptiliens, nous avons tenté de mettre Ajar en garde en lui disant : «Tant que tu n'es pas pleinement solaire, christique, tu risques de perdre la mémoire de ton Essence.» Mais il ne voulut rien entendre et son équipe et lui prirent les corps de Reptiliens et allèrent vivre parmi eux. Avant de prendre un tel corps, il dut laisser son manteau galactique, car il savait que s'il était découvert, les équipes de Seth An pourraient utiliser certains codes maîtres contenus à l'intérieur de ce manteau doré.

Lorsqu'il arriva parmi les Reptiliens en empruntant le corps d'un guerrier reptilien, il observa que certains exécutants étaient mécontents du fait de mettre leur vie en péril par obéissance à leurs supérieurs. Il commença à leur parler, créant une sorte de révolution interne parmi le peuple reptilien. À ce moment-là, de grands chefs reptiliens le capturèrent, le mirent en prison et le torturèrent.

Le fait de le torturer amplifia et libéra tous les codes ADN de son père, Seth An, le conquérant. Après avoir été torturé, il devint donc lui-même un conquérant et sa conscience se troubla. Toute la part christique et les potentiels qu'il possédait, comme ceux de lire le patrimoine génétique d'un être, d'anticiper ou de déceler les pensées des autres, furent utilisés non pas pour servir le bien commun, mais pour se servir lui-même.

Et il créa des lignées Dracos qui, aujourd'hui, portent plusieurs identités parce qu'elles ont un patrimoine génétique multiple. Les Dracos se servent de la partie mémorielle christique qu'ils ont héritée de moi, en définitive, pour faire illusion. Comme ils sont dotés de cette vision du patrimoine génétique, ils ont parfois copié le patrimoine génétique de certains êtres et ils se font passer pour des êtres qu'ils ne sont pas. C'est pour cette raison qu'ils ont souvent trahi. De plus, le peuple Dracos est un peuple conquérant, le plus proche de Seth An. Et comme les Dracos ont cette part féminine soumise, inexistante dans son expression, ils sont constamment à la recherche de la mère et se sont inspirés d'un féminin distorsionné, celui d'Isis Actaé, un féminin qui séduit, qui manipule.

Alors, aujourd'hui, plus d'exécutants passeront les portails de rédemption, mieux cela vaudra, car ils créeront un corps énergétique de Reptiliens rédemptés qui aura finalement un rayonnement sur l'étincelle christique du peuple conquérant des Dracos.

Si nous avons laissé faire, c'est que d'abord nous sommes restés proches de vous ; vous n'avez jamais été seuls dans le plan Terre. Périodiquement, de grands Maîtres sont venus s'incarner pour maintenir active cette part christique de votre ADN, afin que vous ne perdiez pas la mémoire de votre Essence première. Car concevez bien qu'à force d'altérations, le risque était de perdre la mémoire de votre Essence christique, la mémoire de votre appartenance à la Source première.

Si nous parvenons à activer cette infime part représentant de deux à trois pour cent d'énergie christique chez certains Dracos, nous règlerons un aspect important de la problématique des races reptiliennes.

Nous souhaitons, par ce processus de rédemption, augmenter la part christique dans l'ADN des Dracos afin qu'ils soient solarisés, car si dans le futur nous devions recycler Seth An Bel Ashatan, il serait essentiel qu'il n'y ait pas d'entités conquérantes pour le remplacer.

Pour le moment, il est en prison galactique, comme vous le savez depuis le dernier Conclave. Grâce aux patrouilles de l'Ashtar Command, nous avons pu retrouver Isis Actaé, et elle aussi est maintenant sous bonne garde. Nous brouillons leurs moyens de communication et limitons leurs formes-pensées, précisément pour que les exécutants des races involutives aient moins peur de passer ces portails de rédemption, qu'ils puissent les passer en toute confiance. Par ces Reptiliens repentis, rédemptés, nous allons vraiment modifier l'ADN des Dracos.

Alors, humains de la Terre, réjouissez-vous.

Soyez donc remerciés, pleinement remerciés et guidés dans votre évolution.

Je suis à nouveau dans la salle du Conclave et je prends place dans ce cercle, à côté de Christ'al Chaya et d'Amma Cristalia. C'est le Seigneur Korton qui va s'exprimer.

Rosanna

Le Seigneur Korton

Salutations aux membres de la Fraternité dorée. Je salue également les travailleurs de lumière incarnés sur terre.

Je suis le Commandant Korton du vaisseau *Arc-en-ciel*, directeur du centre de communication de votre système solaire. J'aimerais ajouter ma pensée à celle du Maître Shinta Naya Horus Kron, qui vous a longuement parlé des portails de rédemption, et c'est d'ailleurs au nom de toute la délégation de l'Ashtar Command que nous remercions le Seigneur Shinta Naya Horus Kron, ainsi que toute son équipe, les Maîtres de la Fraternité dorée, pour avoir mis en place ces trois portails de rédemption dans le système terrestre.

Il est évident que vous devez demander le passage dans ces portails, dans l'ordre où ils ont été activés, dont un passage dans le premier portail de rédemption afin que toutes vos extensions hybrides puissent être invitées dans le pilier central platine et suivre le plan d'éducation dans la Conscience Melchizédech Christos unifiée.

Lorsque vous faites cela, ce sont les parts féminines de votre être qui sont libérées. Mais comme vous êtes des étincelles, des particules de lumière du collectif humain, du corps vibratoire de l'humanité, chaque fois que vous faites cela, vous participez à libérer l'ensemble de la collectivité humaine.

En ce qui concerne le deuxième portail de rédemption à Kom Ombo en Égypte, il est formé par cette étoile à cinq branches, le pentagramme, la connaissance. La connaissance doit être mise au service du bien commun et ne doit pas servir les intérêts étriqués de certains êtres désireux de maintenir le pouvoir en plongeant une partie de l'humanité dans l'ignorance.

Les grands courants religieux de ce monde ont pratiqué cela. Ils ont créé des dogmes et influencé la pensée humaine dans la volonté de fermer le Cœur christique, ce Cœur qui est le trait d'union, le lien avec le dessein de Shamballa. C'est pourquoi, à l'intérieur même de ce portail, un triangle représente le Sacré-Cœur, le Cœur christique de l'humanité où la Déesse du ciel et la Déesse de la Terre se rejoignent dans la vibration rose orangé d'Isis, la Mère primordiale, celle qui initie, celle qui porte les codes maîtres matriciels de la Source, celle qui porte l'enfant nouveau, le corps spirituel de la nouvelle humanité.

Lorsque vous demandez à vos extensions de se présenter devant ce deuxième portail de rédemption, vous pouvez vous visualiser à l'intérieur d'un pentagramme de lumière dorée et visualiser, au niveau de votre cœur, ce triangle dont les vibrations sont à la fois bleu cobalt, rose et rose orangé. La pointe est dirigée vers le bas, en direction du chakra étoilé se trouvant entre les deux pieds, à une main sous la voûte plantaire, et qui a la forme du sceau de Salomon, l'équilibre des mondes, le symbole des Melchizédech.

Vous devez ensuite visualiser trois cercles de lumière bleu cobalt avec, sur ces cercles, douze Rayons bleu cobalt. Sur le cercle le plus à l'extérieur, quatre faisceaux bleu cobalt se rejoignent au-dessus du septième chakra.

Sur le deuxième cercle, visualisez, là aussi, quatre faisceaux bleu cobalt se rejoignant sur le septième chakra et sur le cercle le plus proche du corps physique, quatre faisceaux bleu cobalt se connectant au niveau du troisième œil.

Ensuite, visualisez, au centre de la poitrine, la lemniscate or. Chaque partie de votre corps, côté gauche et côté droit, est contenue à l'intérieur d'une des boucles de la lemniscate dont la boucle est or. Et la lemniscate circule depuis le chakra du cœur jusque dans les racines des pieds et remonte jusqu'au chakra du cœur. Inspirez, faites descendre la lemniscate vers les racines terrestres et, à l'expir, faites-la remonter vers le chakra du cœur.

Faites à nouveau un inspir et montez la lemniscate vers les racines célestes, puis expirez et faites descendre la lemniscate jusqu'au chakra du cœur. Cela va équilibrer vos deux cortex cérébraux et les unifier.

Cela participe également à l'unification du corps mental et du corps émotionnel, et amplifie l'ouverture du Cœur christique. Lorsque le Cœur s'ouvre, la Triple Flamme s'active.

Vous pouvez également demander, à ce moment-là, que toutes les cristallisations, toutes les mémoires liées aux guerres des religions que vous avez subies ou fait subir dans le passé, que tout cela soit transmuté dans le Feu de la Triple Flamme depuis le centre de votre Cœur.

Lorsque vous libérez ces mémoires pour vous-mêmes, vous installez, vous créez simultanément des particules lumineuses émanant du centre de votre Cœur qui sont informées de ce programme de rédemption. Ces particules vont à ce moment-là circuler et se diriger vers des humains n'ayant pas encore réalisé ce travail d'alchimie.

Avec ce deuxième portail à Kom Ombo, vous devenez vous-mêmes source de création de particules adamantines. Le rituel que je vous propose précisément favorise cette création de particules adamantines depuis le centre de votre Cœur christique. Ainsi, vous informez l'humanité dans son ensemble de la nécessité de changer de paradigme.

Le troisième portail de rédemption sera activé en mars 2014 à l'île de Pâques. Cette île est comme un cristal qui allumera tous les chakras majeurs de la Terre pour la montée de la kundalini terrestre. Elle est une terre d'harmonisation, et un point d'activité reliant les différents nombrils de la Terre.

Les Maîtres du Conclave n'ont pas encore développé la forme énergétique de ce troisième portail de rédemption mais, selon le Maître Shinta Naya Horus Kron, ce portail prendra la forme d'une galaxie. Il permettra d'accéder directement à la multidimensionnalité de votre être, de récupérer toutes vos parties multidimensionnelles et d'inscrire dans le Cœur christique toutes les parties de vous ayant déjà réalisé leur ascension dans d'autres dimensions, car, voyez-vous, comme vous êtes un amalgame de plusieurs codes ADN, des membres de votre famille stellaire ont déjà réalisé leur ascension.

Jusqu'à ce jour, la partie hybride parasitait le contact, le lien avec ces familles ayant réalisé leur processus d'ascension. Mais puisque les portails de rédemption sont ouverts, cette problématique n'existera plus. Ainsi, vos familles ayant réalisé leur processus d'ascension enverront directement l'information de cette ascension dans vos cellules d'ADN. Vous réaliserez donc que des parties de vous-mêmes ont déjà ascensionné, comme des parties de vous-mêmes étaient rendues esclaves dans des dimensions où évoluent des familles involutives.

Autant les portails permettent de libérer les familles involutives, autant ils permettent de retrouver les parts multidimensionnelles de votre être qui ont vécu leur processus d'ascension et qui l'ont réalisé dans l'unité du Cœur christique.

Toutes ces fractales, ces parts de vous-mêmes retrouvées, rééquilibrées, solarisées, vont également participer à augmenter le rayonnement de vos corps énergétiques et du corps spirituel de l'humanité nouvelle.

Enfin, comprenez que ces portails de rédemption ne sont pas qu'extérieurs. Une visite physique n'est pas absolument nécessaire. Vous êtes à même d'utiliser les trois portails par la projection de la conscience et la visualisation. Nous recommandons tout de même d'accomplir le rituel de vivre l'expérience sur place. Cela participe aussi à l'intégration des particules adamantines. Mais sachez avant tout que par la nature de votre essence première, les portails, depuis toujours, sont au centre de vous-mêmes.

En terminant, j'aimerais ajouter que dans les temps à venir les anciens systèmes de communication, ceux que vous utilisez, portables, ordinateurs, véhicules fonctionnant à l'essence, au kérosène, toutes ces formes de technologie hybride seront peu à peu remplacées par des technologies non polluantes. Nous organisons plusieurs équipes qui vont inspirer directement certains scientifiques de la Terre. Le rayonnement global de la Terre augmentant et le rayonnement des forces involutives et des peuples conquérants diminuant, les obstacles connus jusqu'à aujourd'hui pour que ces brevets voient le jour disparaîtront.

Soyez en paix, humains de la Terre. Comprenez que pour que toutes ces opérations puissent atteindre leur but,

- nous avons besoin de votre collaboration,
- nous avons besoin de vos pensées les plus élevées,
- nous avons besoin d'un rayonnement plus puissant du Corps christique de l'humanité,
- nous avons besoin que vous abandonniez complètement le libre arbitre,
- nous avons besoin de votre alignement, de votre cohérence, de votre clarté, de votre authenticité, de la manifestation de vos Présences divines, christiques Je Suis.

Dans l'ancienne matrice de la Terre, nous avons veillé, à chaque instant, à maintenir les forces en présence en équilibre. Aujourd'hui, il ne s'agit pas de créer une balance équilibrée entre ces forces ; il s'agit de rendre victorieuses les Hiérarchies christiques afin qu'elles aient pleine autorité sur la planète Terre pour que, depuis le centre de la Terre, des informations puissent circuler dans les mondes involutifs, des informations d'une ascension qui s'est produite depuis des cellules ADN hybridifiées.

Humains de la Terre, plus que jamais nous avons besoin de vous pour cette mission d'ascension, pour cet ensemencement christique dans tous les univers, dans tous les mondes, dans toutes les dimensions. Soyez présents à vous-mêmes, soyez ce que nous sommes.

Nous vous remercions de votre bonne volonté.

Recevez notre amour et notre gratitude.

Le Seigneur Sananda

Bien-aimés de la Source, enfants bénis de la lumière, je suis le Christ rayonnant Sananda.

Il y a deux mille ans de cela, après la crucifixion, même ceux qui m'étaient les plus proches se sont sentis seuls, abandonnés. Ils ont ressenti ce vide pendant un instant, comme s'ils étaient morts avec moi. Ils ont également éprouvé la peur d'être arrêtés. Puis, je me suis présenté à nouveau à eux dans mon Corps de Gloire, dans le rayonnement doré de l'Atome solaire et je leur ai montré les stigmates dans mes mains. Ces stigmates étaient la marque de mon passage sur cette croix, mais en même temps que ces stigmates, ils ont pu lire le mantra *Zama Zama Ozza Rachama Ozaï*, qui veut dire : « Je suis le Corps de lumière de la Résurrection. » Ils ont pu lire ce mantra parce que j'ai inscrit à nouveau dans la cellule humaine l'empreinte des lignées solaires christiques.

J'ai informé et préparé l'ADN de l'Adam futur à ce moment-là et les apôtres en ont été les témoins. En contact avec ce rayonnement solaire, ils ont reçu l'initiation sacrée de la montée de la kundalini. Vous le savez, je n'aurais jamais accompli cette tâche sans la présence de ma parèdre, qui a été envoyée alors vers la France, vers le pays de Kal. Elle s'est retrouvée là pour ensemencer, depuis le cœur de l'Europe, la Conscience du Christ féminin.

La France est aujourd'hui appelée à devenir le cœur matriciel de rédemption de l'Europe. La vieille Europe porte des cristallisations très lourdes dans ses corps énergétiques à cause des guerres de religion, mais aussi à cause de la présence des prêtres d'Amon au Vatican. Pourtant, la

France sera le nouveau centre spirituel de l'Europe. C'est ici que se constitue aussi la nouvelle Arche d'Alliance, car la France est le premier pays à recevoir les vibrations du portail bleu cobalt. Qu'elle soit due à l'intermédiaire d'un portail ou à l'incarnation de la manifestation d'un Maître de 1er Rayon, l'infusion d'énergie bleu cobalt signifie toujours l'arrivée prochaine d'un Christ. Et la France a pour mission de devenir le Cœur christique de l'humanité nouvelle.

Elle a aussi pour mission de guérir les blessures infligées aux femmes, les blessures infligées aux animaux, d'accueillir les Melchizédech et de s'unir énergétiquement avec d'autres pays appartenant à d'autres continents, pour former une nouvelle fédération, une fédération qui prépare l'incarnation du Maitreya cosmique.

Toutes les structures de la Terre sont préparées maintenant pour accueillir l'incarnation d'un Maitreya cosmique qui apportera des solutions pour l'évolution de l'humanité dans son ensemble. Pour que sa parole soit entendue, il est important qu'une nouvelle race apparaisse, la race des solaires, et vous êtes les ensemenceurs de cette nouvelle race, avec une particularité, celle d'avoir connu l'hybridation, puis la solarisation et l'ascension.

Altaïssa Chayan Chandra est un nom divin que vous pouvez répéter quotidiennement. Il signifie «celui qui est maître de lui-même ouvre les portes du nouvel univers». Si vous regardez chaque lettre composant ce mantra, vous pouvez reconstituer deux noms vibratoires de Maîtres : Christ'al Chaya et Sananda.

Depuis la grande fracture sur Orion, nous nous sommes portés volontaires, à l'intérieur même de la Source, pour manifester la rigueur et l'amour, l'or et le bleu cobalt, pour créer les piliers du temple. C'est notre mandat commun, mais en même temps le mandat de la grande famille christique à laquelle vous appartenez.

Lors de ce Conclave, on vous a dit qu'il était important de placer une semence sur un bon terrain afin que la graine devienne un arbre fruitier. Cela est vrai, mais la particularité d'un Christ, c'est de faire pousser les semences même sur une terre abîmée, aride, même là où il n'y a plus de vie.

Les forces involutives se sont acharnées, depuis des générations et des générations, à abîmer cette planète, car elles connaissaient nos desseins. Elles savaient que la planète Terre était une cellule importante du grand Corps divin dans ce processus d'ascension, de solarisation et elles ont tout mis en œuvre pour parasiter ce plan, pour l'annihiler, avec la ferme intention de détruire cette planète. Et elles se sont dit que pour réussir, pour mener à bien leur plan machiavélique, il leur fallait votre assistance, votre libre arbitre. Elles auraient aimé que vous oubliiez votre véritable Essence, mais cela, nous ne pouvons le permettre.

Je suis roi, roi de moi-même. Ainsi, je rayonne dans tous les mondes, toutes les dimensions, et mon rayonnement d'amour et de vérité transmute les univers sombres en univers d'amour. Faites cela, humains de la Terre, car vous n'êtes pas différents de moi, vous êtes des Christs, vous l'avez toujours été. Je l'ai manifesté, vous le manifesterez aussi désormais, car il est de votre devoir d'amour d'être ce que je suis, un rédempteur des mondes, un pacificateur.

Nous avons tous collaboré pendant ces différents Conclaves. Chaque Maître a apporté sa pensée, chaque Maître a enrichi les autres Maîtres et s'est enrichi d'eux. S'il y a une chose que vous devez retenir, c'est cela : nous travaillons à l'unisson, main dans la main, *Audaï Padaï Kum*, jamais séparés, car nous formons le corps de la Matrice Mère, de la Source première.

Travailleurs de lumière, vous devez apprendre à travailler en réseaux, à vous concerter, à établir, vous aussi, des formes de conclaves terrestres autour de sujets particuliers, à vous enrichir les uns les autres, car le diamant a de multiples facettes. La difficulté que vous pouvez rencontrer est liée à l'ego qui veut diriger, qui veut prouver que sa pensée est meilleure que celle de l'autre, qui veut proposer au collectif de servir l'intérêt personnel de quelques-uns, à l'ego qui dit : « Aimez-moi, aimez-moi un peu plus que lui, un peu plus qu'elle. »

Travaillez en collectivité, car dans ces mouvements de coopération il y aura toujours une âme bienveillante pour vous le signaler s'il y a une faille dans la nouvelle direction. Retrouvez-vous ensemble non pas pour former des clans de séparation, non pas pour dire : « D'un côté, il y a ceux qui œuvrent pour la nouvelle matrice, et de l'autre, ceux qui sont encore enchaînés dans l'ancienne matrice. » Retrouvez-vous, renforcez-vous, coopérez et ensemble proposez un nouveau modèle de société afin que ceux qui souffrent, parce qu'ils sont enfermés dans l'ancienne énergie, réalisent enfin qu'il y a d'autres solutions que les revendications, les colères, les coups d'État, qu'il y a autre chose que les révolutions pour modifier l'environnement de votre monde.

Et ce n'est plus à la Terre de rééquilibrer ce que vous avez déséquilibré. La Terre aussi est une entité vivante et vibrante. Elle a besoin de sentir votre soutien, d'être rassurée, de savoir que vous la respectez, que vous l'honorez. Elle vous a donné beaucoup, elle vous a offert son corps, sa matrice, elle vous a donné toutes ses ressources, elle vous a nourris ; offrez-lui maintenant sa renaissance, son ascension. Il est de votre nature d'aimer, de prendre soin, il est de votre nature d'être la paix, l'équilibre, l'harmonie. Centrez-vous sur les qualités du cœur. Soyez droits, humbles et justes.

Nous serons toujours avec vous et, dans quelque temps, des phénomènes naturels changeront votre vision. Vous pourrez nous voir concrètement. Vous êtes des parties de nous et nous sommes des parties de vous, et nous voulons maintenant que toutes ces parties retournent au Soi divin.

Il est donc de notre devoir d'amour que tous les mondes soient rédemptés, que tous les mondes retournent à la Conscience unitaire de la Source première.

Soyez bénis, enfants de la Source, et nous fermons l'espace de ce Conclave.

FIN DU CONCLAVE

ESPACE DE QUESTIONS

Avec le Maître Christ'al Chaya.

Q. *Concernant les portails de rédemption sur terre, en fait pourquoi passer par la Terre, petite planète sur un bras externe de la galaxie? Pourquoi faire passer des êtres de nombreux systèmes solaires par des portails terrestres? Dans le même ordre d'idées, pourquoi amener Isis Actaé ici lors du Conclave? Et comment fonctionne le portail, sa mécanique de rédemption?*

R. Pourquoi le Maître Shinta Naya Horus Kron a-t-il mis les portails de rédemption sur terre et pas dans un autre système? Parce qu'à la base la Terre a été créée, l'humanité terrestre a été créée précisément pour mettre un terme à la grande conspiration galactique du passé et même à certains futurs potentiels. Parce que l'humanité terrestre porte un amalgame de plusieurs races extraterrestres et parce que la Terre va recevoir le manteau galactique du système d'Orion et deviendra donc une nouvelle matrice de création pour de nouvelles humanités.

Pour résumer sur les trois portails de rédemption :

Le premier portail que nous avons activé le 12 décembre 2012 a été activé sur une porte des étoiles, la porte d'Aramu Muru au Pérou. Cette porte comporte trois piliers. Quand vous êtes face à elle, vous voyez :

- un pilier bleu cobalt à gauche,

- un pilier or à droite,

- un pilier platine au centre,

Le pilier central platine est un métissage du pilier bleu cobalt et du pilier or afin que toutes les extensions ayant subi des traumatismes sur le plan galactique et qui sont enfermées dans des bandes de fréquence basse puissent passer ce premier portail en toute confiance et en toute quiétude. Si on avait fait passer les extensions par le pilier bleu cobalt, certains codes matriciels de vos parties ascensionnées auraient été brûlés. Il était donc nécessaire pour ces extensions, qui ont eu peur du pouvoir masculin, de les faire passer par un pilier bleu cobalt, qui est justement une énergie de pouvoir, de force.

Si ces parties asservies étaient passées par le pilier or de droite, elles n'auraient pas été en confiance, car la plupart du temps elles ont été capturées par les familles involutives parce qu'elles sont allées dans une intention de fraterniser avec les colonisateurs et qu'elles se sont alors fait piéger. Donc, pour elles, aller pleinement dans le don de soi et l'amour, c'est se faire piéger.

Le pilier central représente donc un équilibre des forces, un équilibre entre l'amour, la force et le pouvoir. Toutes les parties asservies représentent les parts féminines de l'Être, que vous soyez un homme ou une femme.

Quand vous passez le premier portail de rédemption, vous appelez donc toutes vos extensions hybrides ayant subi des traumatismes à se présenter devant le pilier central platine et vous leur demandez de traverser ce pilier pour rejoindre les Unités christiques.

Vos extensions ont besoin d'être rassurées. Pour faire image, disons que c'est comme si vous accueilliez des Êtres qui seraient libérés d'un camp de concentration. Étant donné leurs traumatismes, vous devrez faire preuve de beaucoup de douceur et de fermeté, de patience, de tolérance et d'une grande capacité d'accueil.

Ces extensions ont besoin de retrouver le contact avec la Mère divine, et pour cela les femmes ont un travail particulier à faire, car elles portent en elles les codes matriciels de la Mère divine. Et vous le savez très bien, pendant les guerres galactiques, la femme, l'Essence féminine, a été outragée, manipulée, violée. Vos extensions ne peuvent donc pas être accueillies et soignées par les mémoires de Déesses outragées. Il sera nécessaire, dans un premier temps, que les femmes puissent à la fois travailler sur la restitution du corps de la Déesse en elles et réconcilier la Déesse du ciel et la Déesse de la Terre.

Quand la femme se sera rassemblée en elle-même, elle sera à la fois douceur et rigueur, elle sera à nouveau respectée et elle pourra transmettre la vie, les codes matriciels originels à ces extensions en souffrance.

Si vous êtes un homme, vous devrez apprendre à respecter la Déesse, à reconnaître sa puissance, car elle porte les semences du rêve, les semences du plan divin. Et si vous êtes une femme, vous devrez reconnaître votre propre puissance et mesurer la responsabilité que vous portez, celle de transmettre la vie et la connaissance.

Concrètement, cela signifie que vous devez réapprendre le savoir-être. Posez-vous les questions suivantes : « Quels sont mes besoins ? Pas mes désirs, mais mes besoins réels. Quelle qualité ai-je besoin de rayonner dans ce monde ? » Quand vous donnerez pleine autorité et toute la priorité à votre Être, à votre besoin d'être, ensuite seulement le juste « faire » vous sera révélé. Ensuite seulement vous pourrez poser les structures d'un monde nouveau.

Trop longtemps, les familles involutives ont voulu faire taire l'énergie de la Déesse. Quand on fait taire la Déesse, on ne rêve plus, on ne rêve plus la vie, on ne sent plus le vivant en soi et autour de soi. Faire parler la Déesse, c'est s'autoriser à rêver la vie et permettre à sa part masculine de vivre son rêve.

Quel est votre rêve universel ? La paix ! La réconciliation, la transformation de la société. Les portails sont une aide, mais ils ne sont pas que des objets mécaniques. Leur matière est de la conscience pure, de la conscience unitaire.

Lorsque vous demandez à vos extensions de passer le premier portail de rédemption, vous réinstallez en vous l'Ordre divin, selon lequel le féminin précède le masculin, ce qui est intérieur précède ce qui est extérieur. Vous permettez de guérir la Déesse en vous et autour de vous, ce qui vous rend plus conscients, ce qui vous rend plus responsables face à la matière vivante, face à votre planète Terre. Tant que l'énergie de la Déesse ne sera pas restaurée sur cette planète, vous vivrez encore des pollutions, vous vivrez encore des Êtres qui tentent de faire taire ceux qui ont des solutions à apporter à cette planète. Donnez pleine autorité à votre Déesse intérieure, reconnaissez vos véritables besoins au-delà des intérêts et vous serez des instruments de rédemption pour l'ensemble des univers.

Ce portail de rédemption a trois piliers parce que le 3 est sacré. Il est la Trinité : Père/Fils/Saint-Esprit, dites-vous dans votre langage. Les univers fils peuvent s'unir et fusionner avec les univers Père/Mère par le Saint-Esprit, c'est-à-dire la place du féminin sacré révélé. Comprenez cela, car CELA EST.

Alors, tout simplement, demandez à toutes vos extensions hybrides, celles qui ont subi des traumatismes, des violences, celles qui ont dû se taire parce qu'elles dérangeaient, celles qui ont été impuissantes devant le plan machiavélique des mentors de l'ombre, de se présenter au portail de rédemption qui se situe à Aramu Muru au Pérou et d'accepter enfin la voie de la réconciliation du féminin et du masculin afin que plus jamais le féminin ne soit associé à la perdition et que plus jamais le masculin ne soit associé à l'involution.

Passer un portail signifie vivre une initiation, passer d'un état de conscience à un autre et accepter toutes les initiations qui vous permettent d'aller vers votre ascension, votre alignement sur la Divine Présence Je Suis.

Q. Ajar Benassarath, qui a été Aÿ en Égypte ancienne, a-t-il passé ce portail de rédemption ?

R. Ajar Benassarath fut présent lors de l'ouverture du premier portail de rédemption au Pérou et nous lui avons restitué son manteau galactique. Certes, comme il est connu parmi le peuple reptilien, c'est aussi une marque de confiance pour les Reptiliens de savoir qu'Ajar a passé ce premier portail de rédemption. Pour certains exécutants, c'est donc important.

Il est important aussi que vous-mêmes passiez ces portails de rédemption. Puisqu'une part de votre patrimoine est de nature reptilienne, lorsque vous passez ces portails, vous appelez les exécutants des races involutives à effectuer ce passage. Vous êtes la preuve vivante que tout se passe bien lorsque vous passez ces portails, que vous n'êtes pas désintégrés.

Puisqu'il est question d'Aÿ, comprenez bien aussi ce qui s'est passé à l'époque d'Akhénaton, durant cette période de l'Égypte ancienne. Actuellement, les historiens vous disent : «Akhénaton était le précurseur des religions monothéistes.» Croyez-vous que c'est uniquement pour cette raison qu'il a été boycotté et qu'ensuite Toutankhamon, qui devait lui succéder, a aussi été éliminé? À propos de Toutankhamon, ce qui a été manifeste pour l'époque, c'est que son changement de nom de Toth Ankh Aton pour Toutankhamon équivalait à une trahison de ce qui avait été entrepris par son prédécesseur. Songez cependant que s'il avait vraiment trahi, il n'aurait pas été empoisonné. En fait, les prêtres d'Amon avaient compris qu'il continuait à pratiquer secrètement les rituels d'Aton. Il y eut en outre une lutte en Égypte ancienne touchant la problématique de l'ADN.

Akhénaton militait pour cet ADN galactique pur, sans aucune altération, et le fait de supprimer les dieux du panthéon voulait simplement dire : «Nous savons que ces dieux ont été des mutants du continent Atlantide venus en Égypte. Et dans la compassion, nous avons fait descendre des attributs divins sur ces mutants afin qu'ils deviennent des dieux. Mais nous ne voulons plus considérer que le Très-Haut est synonyme de métissage d'ADN.» C'est pour cette raison qu'Akhénaton a voulu supprimer les divinités. Cela, on ne vous le dira évidemment pas, ni que les prêtres d'Amon, eux, prônaient l'hybridation et le métissage. Akhénaton voulait exprimer le fait qu'il n'y a qu'une seule Source première, Aton, l'Atome solaire. Les rayons qui étaient dessinés sous la forme de mains représentaient la continuité, la manifestation de cette Conscience unitaire.

Lorsque Toutankhamon est mort, Aÿ, qui a joué double jeu en étant dans les deux camps, celui d'Amon et celui d'Aton, a épousé Ankhsenamon pour accéder au poste de pharaon. Mais comme il était en fin de vie, il a très peu régné.

Puis Horemheb le sanguinaire a pris le pouvoir et, à partir de ce moment-là, les pharaons ne furent plus de sang royal, ce qui signifie qu'ils ne portaient plus l'ADN galactique originel, mais un ADN métissé, hybridifié.

Ainsi, le plan d'ensemencement de la Conscience christique et de création de sociétés christiques a dès lors échoué.

Q. Passerons-nous le portail de rédemption par notre propre mouvement ou lorsque vous nous appellerez?

R. Vous devez demander à passer les portails de rédemption. Si vous êtes non incarnés parce que vous venez de mourir et que vous étiez sur une voie d'ascension, vos Maîtres guides vous feront passer les portails de rédemption afin que vous puissiez continuer le processus d'ascension, même si vous n'avez plus de corps physique.

Q. L'existence d'Isis Actaé et de Seth An était-elle nécessaire à l'évolution de l'univers?

R. Ce n'est pas qu'elle était nécessaire. La Source ne s'est pas dit : «On va créer une intention chez Seth An parce qu'il faut qu'un plan s'établisse.» Non! Cette intention a été!

Cependant, puisqu'elle a été, notre devoir d'amour est de trouver les moyens de transmuter en énergie d'amour tout ce qui a été créé dans le non-amour.

En même temps, la destruction qu'ils ont créée peut vous servir d'initiation dans votre maîtrise, sur votre chemin vers la maîtrise, si vous restez centrés sur le service au bien commun.

Q. Pour passer le portail de l'Œil d'Orion, faut-il être avec sa ou son parèdre ?

R. Non, parce que l'Œil d'Orion est un phénomène extérieur, mais il est aussi un phénomène intérieur qui est le passage du « je » au « nous ». Il est un passage qui se produit par l'ouverture du cœur, par le mariage harmonieux du féminin et du masculin à l'intérieur de soi.

L'Œil d'Orion est l'équivalent de votre pinéale. Quand la kundalini monte, il y a éveil et il y a accès à la connaissance.

Q. Y a-t-il des Dracos sur terre actuellement ? Et comment les reconnaître ?

R. Oui, il y en a. Regardez qui dirige les gouvernements, qui dirige Monsanto, qui sont les familles royales.

Q. Vous nous avez parlé du manteau galactique de la Terre…

R. Non, c'est le manteau galactique d'Orion, qui descend sur la Terre. C'est la conscience d'Orion qui descend sur terre. Ce sont donc toutes les mémoires et l'information mémorielle de la constellation d'Orion qui descendent sur la Terre.

Vous allez donc bénéficier de cette information énergétique qui vous aidera dans votre propre ascension planétaire.

Q. Il a été fait état de symptômes chez les femmes. Quels sont-ils plus spécifiquement?

R. Les symptômes sont des changements d'humeur soudains, des irritabilités passagères, mais récurrentes. Ils sont aussi des cristallisations importantes dans la zone du ventre, de la matrice. Cela peut aussi se manifester, malheureusement, par des kystes, des problèmes au niveau de la poitrine, des seins. Cela peut également se manifester chez les femmes par une difficulté à digérer les hydrates de carbone, le gluten ou encore le lactose.

En effet, les chakras du système digestif ont de la difficulté à avoir une rotation rapide. Le mouvement des chakras digestifs est ralenti par toutes ces descentes énergétiques, comprenant à la fois les particules adamantines et les cristallisations. Et le mouvement des chakras digestifs étant ralenti, des stagnations s'opèrent.

Q. Melchizédech, l'Ancien des Jours, nous a dit de rester droits dans nos bottes et qu'être sur un chemin spirituel ne vise pas à nous sentir mieux. J'aimerais avoir des explications à ce sujet.

R. Vous n'êtes pas sur un chemin d'éveil pour vous sentir mieux, car, dans un premier temps, vous risquez de vous sentir plus mal, de vous sentir déstabilisés, désarçonnés, de vous sentir en insécurité même, car des éléments devront être purifiés. Quand le Maître Melchizédech vous dit que ce n'est pas pour vous sentir mieux, cela signifie qu'il y a des initiations à vivre, des passages obligés, souvent inconfortables.

En arrière-plan, il vous demande d'être engagés. Dans un futur pas si lointain vous vous sentirez mieux, mais avant d'aller mieux, acceptez d'être déstabilisés et, surtout, acceptez de vous engager avec vous-mêmes dans ce processus de transformation.

Ce qu'il vous demande, c'est du courage, des efforts. Ce qu'il vous demande, c'est de nommer vos ombres, de vous regarder en face, de regarder tous les aspects de vous-mêmes. Il est très facile d'observer les aspects positifs de vous-mêmes, mais beaucoup plus difficile d'observer vos ombres avec détachement et compassion, sans trace de jugement. C'est cela être droit dans ses bottes. C'est mesurer votre responsabilité.

Vous êtes en train de vivre une œuvre alchimique. Ce n'est pas un procédé extérieur à l'ascension qui vous dit de faire ceci ou cela. Car même si on vous le dit, en l'absence de clarté intérieure votre œuvre échouera, car elle dépendra de votre état intérieur.

Soyez remerciés, pleinement remerciés et guidés dans votre évolution.

DÉCRET D'ASCENSION DU GROUPE «EPÉE DE VIE»

Au nom de ma Présence divine Je Suis, je m'unis à tous mes frères et sœurs de lumière pour que nous formions ensemble la conscience unifiée de la manifestation divine en action.

· Moi, «prénom», enfant de la Source première, en tant que Melchizédech, Maître d'enseignement, d'amour, de compassion et de rigueur, en accord avec mon Moi supérieur et en don total à Dieu...

je m'engage à :

- ascensionner pour servir le bien commun et le Plan divin

- accompagner le vaisseau Terre dans son processus d'ascension

- respecter les lois de vie et à les manifester

- harmoniser le féminin et le masculin sacrés en moi et autour de moi

- me reconnaître comme cellule souche d'Amour de la Source

- être à l'écoute de mon maître intérieur par une attitude centrée et dans le rayonnement du Cœur

- accueillir toutes les initiations qui me permettront de manifester ma Présence Je Suis

- accepter la transmutation de tous les schémas restrictifs, les jugements, toutes les illusions, les peurs, les mémoires de dualité engrammés dans mes cellules

- être cocréateur de la nouvelle humanité sur terre, dans la manifestation de l'Amour.

Je demande à :

· ma Présence divine Je Suis de descendre dans tous mes corps subtils jusqu'à mon corps physique

· ma Présence divine Je Suis de rayonner la Lumière, la Paix, la Joie et l'Amour inconditionnel

· activer mes sceaux divins et à incarner pleinement mon Essence christique

· mes cellules de s'organiser pour intégrer les particules adamantines qui descendent sur terre, afin de blanchir ma structure ADN et de régénérer tout mon Être dans sa Perfection originelle

· à toutes mes extensions en souffrance de se laisser conduire en toute confiance vers les portails de rédemption.

Je Suis : Christ

· un ensemenceur de conscience
· la rigueur Melchizédech et l'Amour christique
· le Maître et le disciple de moi-même
· la Force libérée qui nettoie, purifie et transforme
· Dieu en action
· un Être de lumière
· la résurrection et la vie.

Je Suis ce que Je Suis.

Et cela Est – et cela Est – et cela Est.

Et dans les quatre directions :

amen, amen, amen, amen.

Nos livres sont tous en vente
en librairie et sur notre site internet.

www.editions-ariane.com/boutique/

Nos Distributeurs

Canada : Flammarion — 514 277-8807 — www.flammarion.qc.ca
France, Belgique : DG DIFFUSION – 05.61.000.999 – www.dgdiffusion.com
Suisse : Servidis diffusion – 23.42.77.40 – www.servidis.ch/